Best Time

白 马 时 光

〔尼日利亚〕
阿约巴米·阿德巴约
著

麦秋林
译

第二个妻子

图书在版编目（CIP）数据

第二个妻子 /（尼日利）阿约巴米·阿德巴约著；
麦秋林译. -- 天津：百花文艺出版社，2022.1
ISBN 978-7-5306-8016-2

Ⅰ.①第… Ⅱ.①阿… ②麦… Ⅲ.①长篇小说－尼日利亚－现代 Ⅳ.① I437.45

中国版本图书馆 CIP 数据核字（2020）第 251357 号

STAY WITH ME by Ayọ̀bámi Adébáyọ̀
STAY WITH ME © Ayọ̀bámi Adébáyọ̀, 2017
Copyright licensed by Canongate Books Ltd.,
arranged with Andrew Nurnberg Associates International Limited
Simplified Chinese translation copyright © 2021 by Beijing White Horse Time Culture Development Co., Ltd.
All Rights Reserved.

天津市版权局著作权合同登记章
图字 02-2020-320

第二个妻子
DI-ER GE QIZI

〔尼日利亚〕阿约巴米·阿德巴约 著 麦秋林 译

特约策划：易 见　　封面设计：林 丽
责任编辑：赵世鑫　　特约编辑：易 见
出版发行：百花文艺出版社
地　址：天津市和平区西康路 35 号　邮编：300051
电话传真：+86-22-23332651（发行部）
　　　　　+86-22-23332656（总编室）
　　　　　+86-22-23332478（邮购部）
网　址：http://www.baihuawenyi.com
印　刷：三河市兴博印务有限公司
开　本：880 毫米 ×1230 毫米　　1/32
字　数：205 千字
印　张：8.25
版　次：2022 年 1 月第 1 版
印　次：2022 年 1 月第 1 次印刷
定　价：45.00 元

如有印装质量问题，请与三河市兴博印务有限公司联系调换
地　址：河北省廊坊市三河市杨庄镇大窝头村西
电　话：0316-5166530　邮编：065299
版权所有　侵权必究

谨以此书献给我的母亲——

奥卢索拉·法姆利瓦医生，
是她让我们家随手可得书籍，
到处充满爱与感恩，
宛如人间仙境。

谨以此书纪念我的父亲——

阿德巴约·法姆利瓦先生,
他给我们留下了一屋子的
书和精神财富,
我仍然想念他。

Part 1

我把那句从一开始便在舌尖上
打转的话说了出来,
这或许只是其中一种表达方式。
我对她说:"叶吉德·马金德,我要娶你。"

1
2008年12月　乔斯市

今天，我必须离开这座城市去找你。行李已打好包，空荡的房间提醒我：一周前就该离开。从上一个星期五起，司机穆萨每晚都睡在保安站，等着我一大早把他唤醒，以便我们能按时出发。可此时此刻，行李袋依旧安放在客厅，收集灰尘。

我把在这儿添置的大部分物品——家具、电器以及房子里的饰品——送给了在美发沙龙工作的美发师们。所以，一周以来，我夜夜在这张床上辗转反侧，连打发无眠长夜的电视都没顾上看。

伊费市里有栋房子等着我，就在我们初识的那所大学边上。此刻，我想象着那栋房子，它与这所房子不同，房间众多，旨在孕育一个大家族：丈夫、妻子、成群的儿女。我本该在烘发机被拆掉后的第二天离去。计划花一周时间来组建新沙龙，布置房子。再次见你之前，我要把新生活安顿好。

并非我对此地恋恋不舍。我不会怀念在这儿结交的寥寥无几的朋友；不会想念这里的人们，他们对来此地之前的我一无所知；不会思念多年以来自以为爱恋我的那些男人。一旦离去,我甚至可能都想不起那个希望我成为他的妻子的人。在这儿,无人知晓我与你仍保持着婚姻关系。我只告诉他们只言片语:我没有生育,丈夫另娶他人。因为从未有人进一步刺探,所以我也从没跟他们提过孩子。

自从国家青年服务团[①]的三名团员被杀之后,我就想离开了。甚至在明确接下来怎么办之前,在出席你父亲葬礼的邀请函到来之前,我已下定决心,要关闭美发沙龙和珠宝店。这份邀请函犹如一张地图,向我指明道路。我记得那三个年轻人的名字,我知晓他们每个人在大学里所学的专业。我的奥莱蜜德本应与他们年龄相仿,此时此刻她也本应即将走出大学校门。当我读到他们的名字时,心里便想起了她。

埃金,我常想,你会不会也想念她。

虽然沉入梦乡会让我远离一切,可每个夜晚,当我合上双眼,那些被抛诸脑后的生命碎片就又回来了。我看到我们卧室里的蜡染布枕头套;看到邻居和你的家人,有一阵子,我被误导,以为他们也是我的家人;我看到你;而今夜,我看到我们结婚几周后你送我的那盏床头灯。我在黑暗中无法入睡,可若让荧光灯亮着,你又会做噩梦。那盏灯就是你的解决办法。你没告诉我你已经找到妥协的法子,你没问过我是否需要一盏灯,就把它买了下来。当我轻抚青铜灯座,欣赏拼成灯罩的有色玻璃板时,你问我,若是房子着火,会带什么离开。我不假思索便脱口而出——我们的孩子。虽然那时我们还没孩子。

东西,你说,不是人。

可你似乎有点伤心,当我想到要带人离开的时候,却没想到要救你。

我逼迫自己从床上起来,换下睡袍。我不会再浪费一分钟。我抓

[①]国家青年服务团,成立于1973年,是尼日利亚最有影响的一个青年组织。——本书注释未特殊说明,均为译注。

起手提包走进客厅,那些你必须要回答的问题,那些十几年里一直令我耿耿于怀的问题,让我加快了脚步。

那里有十七个行李袋,准备搬到车上。我盯着它们,回想每个袋子所装的物品。若这房子着火,我会带走什么呢?我不得不为此思索一番,因为首个闪现在我脑海中的念头是——什么都没有。我选择了那个短途旅行袋,计划出席葬礼时随身带着,还有那个装满黄金珠宝的皮袋子。其他的袋子,穆萨可以下次给我送过来。

于是,就是这样:在这里待了十五年,尽管房子没着火,可我带走的只是一袋金子和换洗的衣服。重要之物在我心里,锁在胸膛,就好像被锁在坟墓里,锁在永恒之地,锁在棺椁似的珍宝箱里。

我踏出房门。室外寒气逼人,随着太阳升起,地平线上的漆黑夜幕渐渐转为紫色。穆萨正倚在车上,用牙签剔着牙。当我走近,他往杯子里啐了口唾沫,并将牙签放进胸前的口袋。他打开车门,我们彼此寒暄几句,然后我坐进后座。

穆萨打开车载收音机,搜索广播台。最后,他选了一个以录制的国歌拉开一天广播序幕的电台。驶出大院时,守门人向我们挥手道别。黎明即将到来,黑暗包裹着的马路在我们前方延伸,引领我回到你身边。

2

自1985年起　伊莱沙市

即使在那个时候，我也能感觉到他们是有备而来干架的。我能透过门上的玻璃板看到他们的身影，能听到他们的说话声。将近一分钟的时间里，他们似乎没注意到我一直站在房门的另一侧。我想将他们拒之门外，上楼睡觉。如果他们在太阳底下站的时间足够久，也许会熔化成一摊摊褐色的泥巴。玛莎妈的屁股那么大，若是熔掉的话，会把我家门前的水泥台阶全占满。

玛莎妈是我的四位母亲之一，是父亲的大老婆。与她一同前来的是劳拉爸，埃金的叔叔。他们俩都弓着背，背对太阳，紧锁的眉头让他们的脸看起来令人厌恶。我一开门，他们立马停止交谈，绽露笑容。我能猜到首先开口的会是那个女人。我知道，这是为了夸张地展现我们的亲密关系，可实际上，我们之间从未存在什么亲密关系。

玛莎妈用两只潮乎乎的胖手捧起我的脸庞，咧嘴笑着喊道："叶吉德，宝贝女儿！"

我也对她咧嘴一笑，屈膝问候："欢迎，欢迎。今天啊，定是老天爷开眼了,所以你们会一同前来。"他们进屋到客厅坐下后,我又行了个屈膝礼。

他们笑起来。

"你丈夫呢?在家吗?"劳拉爸一边说着,一边环顾屋子,就好像我把埃金藏在椅子底下似的。

"在的,先生,他在楼上。我给你们上茶后,就上去喊他。我该备些什么食物呢?山药泥?"

男人在暗自排演接下来将要展开的剧情的同时,瞥了一眼我的继母,仿佛他不知该如何回答我的话。

玛莎妈摆摆手:"我们不吃东西,去叫你丈夫。我们有要事跟你们俩商量。"

我微笑着离开客厅区,奔向楼梯。我想我知道他们来商量的"要事"是什么。在此之前,埃金家的多位亲戚已来过我们家,商量过同样的事。此类谈话就是他们说,我跪着听。彼时,埃金假装边听边记,但却在罗列第二天的待办清单。这些亲戚团里没人识字,他们对识字的人充满敬畏。埃金记下他们的话,让他们很感动。有时,如果埃金停下笔,正在发言的人就会埋怨没有得到埃金的尊重,因为埃金没把他或她的话悉数记录下来。在此类来访的过程中,埃金常常会把整个星期的待办清单都列好,而我的双腿则会跪得抽筋。

这些拜访把埃金惹恼了,他想要告诉亲戚们管好自己的事,可我不许他这么做。长时间的讨论的确让我小腿抽筋,可至少让我觉得我还是他家的一分子。在那天下午之前,自我婚后,还没有一位娘家的亲戚曾来做过此类访问。

上楼时,我心里就明白,玛莎妈的出现意味着他们会提出某种新对策。我不需要他们的建议。哪怕没有他们口中必提的"重要东西"，我的家也很好。我不想听到劳拉爸在咳嗽间歇费力挤出的嘶哑声音，不想看到玛莎妈再次闪露的牙齿。

让我感到欣慰的是，对此，我跟埃金一直深有同感，我们的想法一致。

但今天，我意外地发现埃金醒着。他每周工作六天，星期天基本都在睡觉。可当我进入房间的时候，他正在踱步。

"你知道他们今天要来？"我仔细察看他的神色，寻找那种熟悉的又惧又恼的表情。每次特别亲戚团来访时，他脸上都会带着这种表情。

"他们到了？"他站定，双手在脑后交叉。没有恐惧，没有恼怒。房间里开始有种窒息感。

"你早知道他们要来？但没告诉我？"

"那就下楼吧。"他走出房间。

"埃金，怎么了？怎么回事？"我在他身后叫道。

我坐在床上，双手抱头，努力呼吸。我就这么待着，直到听到埃金喊我的声音。我下了楼，走进客厅。我面带微笑，并非那种露齿的笑容，只是嘴角微微扬起。这种笑容仿佛在说：即使你们这些老东西对我的婚姻一无所知，我也很高兴，不，狂喜，听到你们必提的那些重要事情。但我依旧是个好妻子。

一开始，我没注意到她，虽然她就坐在玛莎妈的椅子边上。她长得挺漂亮，肤色浅黄，仿若未成熟的柠果肉，薄薄的嘴唇上抹着猩红色的唇膏。

我靠向丈夫。他浑身僵硬，并没有伸出手臂抱住我，将我拉过去。我想搞明白这个黄皮肤的女人是从哪里冒出来的。有那么一会儿，我有种疯狂的念头：玛莎妈进来时，是不是把她裹着藏了起来？

"叶吉德啊，我们说当男人拥有的一样东西变成两样的时候，他不会生气，对吧？"劳拉爸说。

我点点头，微微笑着。

"好，叶吉德啊，这是你丈夫的新妻子。一个孩子会将另一个孩子带到这个世界上来。谁知道呢，上帝可能会因这个妻子而回应你的祈祷。一旦她怀孕得子，我们确定你也会得到一个孩子的。"劳拉爸说。

玛莎妈认同地点头说道："叶吉德，我的女儿，对于这件事，你丈夫的家人，还有你其他的母亲，我们反复思量，寝食难安。"

我闭上眼睛。当我再次睁开眼，从恍惚的状态中醒来，那个肤色犹如柞果的黄皮肤女人还在那里，虽然变得有点模糊，可还在那里。我茫然不知所措。

我早料到他们会谈论我没孩子，我有千千万万种微笑来武装自己。歉意的微笑、"可怜我"的微笑、"我仰望上帝"的微笑——各式各样的假笑，只要能让我熬过这个午后，与这群口口声声说全为我好，却同时拿棍子直戳我伤口痛处的人在一起——我已做好准备。

我准备听他们告诉我：你必须采取行动，改变自己的处境。我料想会听到：你要去拜访新牧师、爬上另一座高山祈祷、向遥远村庄或小镇里的老医师请教。

我已武装好自己：双唇含笑，眼中恰如其分地噙着闪光的泪水，鼻子不断抽泣。我准备好在接下来的一周里紧锁美发沙龙的大门，与婆婆一道去寻找奇迹。

但我没料到的是房间里另一个面带微笑的女人，一个红唇烈焰的黄皮肤女人，如新娘般笑意盈盈。

我希望婆婆能在场，她是我唯一喊过"妈咪"的女人。我去看她的频率比她儿子还勤。当我新烫的卷发被牧师摁到奔流的河水里洗掉的时候,妈咪就在场看着。母亲生下我没过几分钟就离开了人世,那牧师的理论是:在离世前,母亲给我下了诅咒。当我三天三夜坐在祈祷毯上,一遍遍吟诵那些我无法理解的祷词时,妈咪就在场。直到第三天我晕倒,提前结束了本该七天七夜的禁食守夜。

当我在卫斯理公会医院病房养病的时候,妈咪握着我的手,让我祈求上帝赐予力量。她说:好母亲的生活是艰苦的,一个女人可以做个坏妻子,可绝不能做个坏母亲。妈咪告诉我:在求上帝赐予我孩子之前,我必须恳求上帝开恩,让我拥有为这个孩子受苦的能力。她说:如果我在三天禁食之后就晕倒,那么我还没做好当母亲的准备。

这时,我意识到妈咪在第三天没有晕倒,是因为她可能已经历过几次诸如此类的禁食。那一刻,妈咪的眼睛与嘴巴周围刻着的皱纹变得邪恶起来,对于我来说,它们开始不仅是年老的象征。我进退维谷。我想要成为那个我从未当过的人。我想要成为一个母亲,像妈咪那样,眼中闪烁着神秘的欢愉与智慧的光芒。然而,所有那些她谈到的苦难都太吓人了。

"她的年纪比你小很多。"玛莎妈在椅子上向前探身,"他们赞赏你,叶吉德,你夫家认可你的价值。他们告诉我,在你丈夫的家族里,他们认为你是个好妻子。"

劳拉爸清了清嗓子:"叶吉德,作为个人,我要赞美你。我要感激你为保埃金死后能留下子女而做的努力。这就是为什么我们知道你不会把他的新妻子当作竞争对手。她名叫芬米拉尤,我们相信,你会把她当作妹妹。"

"朋友。"玛莎妈说。

"女儿。"劳拉爸说。

玛莎妈拍了一下芬米的后背，说道："来吧，去跟你大姐打声招呼。"

当玛莎妈让芬米唤我作大姐时，我打了个冷战。这词在我耳朵里炸开了，大姐——大老婆。这是一个判决，标志着我不是一个能满足自己丈夫的女人。

芬米走过来，挨着我在沙发上坐下。

劳拉爸摇摇头："芬米，跪下。火车开得再远，前头总归是土地。这所房子里，叶吉德事事都在你前面。"

芬米跪下，双手放在我的膝盖上，面带笑容。我真想扇她一记耳光，把这笑容打掉。

我转身，看着埃金的眼睛，心中万分期盼他没参与这场伏击。他凝视着我的眼睛，眼中流露出恳求。我脸上本已僵硬的笑容隐去了，怒气在心中汹涌，仿佛被人击中头部，正中眉心。

"埃金，你知道这事？"我用英语说，不让两位只会讲约鲁巴语的长辈听懂。

埃金一言不发，只用食指擦着鼻梁。

我环顾房间，想找到某件物品可以让我集中精神。绲着蓝边的白蕾丝窗帘，灰色的沙发，配套的地毯，地毯上有块一年多以来我一直想清除掉的咖啡污渍。那块污渍离地毯中心太远，桌子盖不住；离地毯边缘也很远，扶手椅也挡不住。芬米身穿米色的裙子，与咖啡污渍色调相同，与我穿的短上衣色调相同。她的双手就放在我膝盖下方，抱着我裸露的双腿。我的视线无法越过她的双手，无法越过卷起的长裙袖。我无法看到她的脸。

"叶吉德，把她拉近点。"

我不确定刚才谁说了这话。我的脑子热乎乎的，越来越热，近乎沸腾。任何人都有可能说了那句话：玛莎妈、劳拉爸、上帝。我不在乎。

我再次转向丈夫："埃金，这事你知道？你知道，也不告诉我？你知道？你这可恶的杂种！在我们经历一切之后！你这可恨的杂种！"

在我的手掌落到他的脸上前，埃金抓住了我的手。

令我住嘴的并非玛莎妈狂怒的尖叫，而是埃金的拇指在我手心轻柔的触摸。我的目光从他的眼睛上挪开。

"她在说什么？"劳拉爸让埃金的新妻子翻译。

"叶吉德，拜托。"埃金捏紧我的手。

"她说他是杂种。"芬米轻声翻译，仿佛这话太滚烫，太沉重，但不得不从她嘴里吐出来。

玛莎妈尖叫一声，双手捂脸。我不会被她的表现愚弄。我知道她的内心正在幸灾乐祸。我确定她会花好几周的时间向父亲的其他妻子复述她的所见所闻。

"这孩子，你绝不能辱骂你的丈夫。无论如何，他是你丈夫。你还想让他为你做什么呢？难道不是因为你，他才为芬米找了一间公寓，与此同时，让你住在这栋宽大的复式房子里？"玛莎妈环顾客厅，为了防止我没理解她的意思，还张开手掌示意了一下这栋我每个月支付一半房租的大复式房子，"你啊，叶吉德，你必须感激你的丈夫啊。"

玛莎妈不说话了，可嘴巴还张着。若有人靠得足够近，那嘴里会吐出令人无法忍受的臭气，就像发臭的尿。劳拉爸就选了一个与她保持安全距离的座位。

我知道自己该跪下来，像被处罚的小学生般低下头，说自己很抱歉，情急之下，侮辱了自己的丈夫与婆婆。他们会接受我的辩解——我本可以说是恶魔、天气的缘故，或者是我的辫子绷得太紧，让我头疼，使我在他们面前对丈夫不敬。但那一刻，我的身体就像患有关节炎的手一般绷得紧紧的，我就是没法逼迫它变成它不想做出的形状。于是，生平第一次，我对亲戚们的不悦置之不理，在该下跪时却站起身。当我完全站直身，便生出一种变得更高傲的感觉。

"我去准备食物。"我说，拒绝再次询问他们想吃什么。既然玛莎妈和劳拉爸已经给我们介绍了芬米，那么他们只能接受一顿便饭。因为我不准备为他们每人单独备餐，所以就任由性子为他们准备食物。我给他们做了豆荚，将一直想扔到垃圾桶里的三天前的豆子和新煮出来的豆子混在一起。我确定他们会注意到混合的豆子有点难吃，可一想到劳拉爸脸上挂着对我的举止行为的极大愤慨，还有玛莎妈表面沮丧下隐藏的幸灾乐祸，我就是要让他们吃下去。

为了让他们将食物吞下喉咙，我甚至跪下来，向他们道歉。玛莎妈微笑起来，说若我继续表现得像个街上的没有教养的孩子，她会拒绝用餐。我再次道歉，并像模像样地拥抱了那个黄皮肤的女人，她闻起来有股椰子油和香草混合的味道。

我一边望着他们吃东西，一边喝着麦芽酒。埃金拒绝进食，对此我感到很失望。

他们抱怨更想吃山药泥配炖蔬菜和鱼干的时候，我对埃金投来的目光视而不见。若是平日里，我会回到厨房做山药泥。但在那个下午，我想要告诉他们：如果你们真想吃山药泥，就站起来，自己做去吧。我用一口口麦芽酒将这些灼烧着我喉咙的话强压下去，只跟他们说：因为我前日扭到手，所以没法捣山药泥。

"可我们刚来的时候，你没提啊！"玛莎妈擦了擦下巴，"是你自己说要给我们做山药泥的。"

"她定是把扭伤的事忘了,昨天她真的很疼,我甚至想过要送她去医院。"埃金说,为我这个漏洞百出的谎言打圆场。

他们像饥肠辘辘的孩童般将豆子塞进嘴巴里,同时建议我到医院检查一下手。唯有芬米吃了第一口豆子后就闭紧嘴巴,满腹狐疑地看着我。我们四目相对,她的红唇扬起一丝笑容。

当我清洗完空盘子后,劳拉爸解释:因为不确定这次来要待多久,所以出租车司机把他们放下后,他就没安排他回来接。他认为埃金会将他们送回家的。

很快,埃金是时候开车送他们回家了。我看着他们走向他的车,埃金一边拨弄裤兜里的钥匙,一边问大家是否同意他计划的路线。他想在伊拉吉大街将劳拉爸放下,然后一路将玛莎妈送到伊费城。我注意到,对于芬米的住处他只字不提。玛莎妈说他选的是最佳路线,随后埃金打开车门,坐进驾驶座。

我压抑着扯掉芬米稀松发卷的冲动,因为她迅速滑进我丈夫身边的副驾驶座,还把我一直放在那里的小靠垫推到底板上。我攥紧拳头,望着埃金驾车离开,将我独自留在他扬起的那团尘埃中。

*

埃金大声喊道:"你给他们吃的什么?"

"新郎官,欢迎回来。"我说。我刚吃完晚餐,于是收拾盘子走向厨房。

"你知道他们现在全都在拉肚子吗?我不得不停在灌木丛旁,让他们拉屎。灌木丛!"他一边说,一边跟着我进入厨房。

"有什么好大惊小怪的？你的那些亲戚家里有卫生间吗？他们一直不都是在灌木丛、在粪堆上拉屎的吗？"我大吼着，将盘子摔到金属水槽里。瓷盘碎裂的声音过后是一片沉寂，其中一个盘子从中间裂开，我的手指划过破碎的盘面，我感觉自己被拉破了。细细的血流弄脏了瓷盘的锯齿裂缝。

"叶吉德，试着理解一下吧。你知道我不会伤害你的。"他说。

"你说的什么话？豪萨语还是中国话？我啊，我搞不懂你。说点我懂的东西，新郎官。"

"别这样叫我。"

"我想怎么叫你，就怎么叫。至少你还是我丈夫。哈，也许你不再是我丈夫。我是不是也错过了'休妻'的消息？我是不是该打开收音机来收听这条消息，或是在电视上，在报纸上？"我将打碎的盘子扔进立在水盆边上的塑料垃圾桶里，转身面向他。

他的前额渗着晶莹的汗珠，汗珠沿着脸颊滑落，在下巴汇聚。他正和着脑袋里某种狂怒的节奏，轻轻拍着脚，脸上的肌肉也随着同样的节拍跳动，下巴一下紧，一下松。"你当着我叔叔的面唤我杂种！你对我不敬！"

他声音里的愤怒令我震惊，也激怒了我。我本以为他的身体颤抖不已是因为他很紧张——通常如此。我本希望那是因为他深感抱歉，满心愧疚。"你把新妻子带到这栋房子，你还生气？你是什么时候娶她的？去年？上个月？你计划什么时候告诉我？你这——"

"别说了，疯婆子，别再说那个词。你要在嘴上挂把锁！"

"好啊，既然我的嘴没上锁，那我就说，你这可恶的——"

他用手捂住我的嘴巴："好吧，我很抱歉。我处境艰难。叶吉德，你知道我不会骗你。你知道我不可能，我不可能这样做。我发誓。"他笑起来，笑声既伤心又可怜。

我使劲把他的手从我脸上掰开。他顺势握住我的手，用掌心摩擦我的手心。我想哭。

"你有了另一个妻子，你为她付了聘礼，在她的家人面前跪拜行礼。我认为你已经骗我了。"

他将我的掌心放到胸口，他心跳很快。"这不是骗你，我没有新妻子。相信我，这是最好的安排。母亲不会再逼你生孩子。"他轻声说。

"胡说八道。"我甩开手，走出厨房。

"如果这能让你感觉好一点的话，我告诉你，芬米没来得及走到灌木丛。她拉在裙子里了。"

我没有感觉好一点。我很长一段时间都不会感觉好的。木已成舟，我快要完了，就像仓促间系上的头巾松开了，在主人还没意识到之前，便落到了地上。

3

叶吉德是在星期六那天被创造出来的，上帝有充足的时间来描绘她完美无瑕的身姿。这一点毋庸置疑。这个成品便是活生生的证明。

第一次见她，我就想用手覆在她裹着牛仔裤的膝盖上，当即告诉她："我叫埃金·阿加衣。我要娶你。"

她的一举一动皆优雅美丽，是队列中唯一没有低头垂肩站立的人。她挺胸抬头，没有歪到一侧靠上橘色的扶手。坐下的时候，腰身挺直，双肩端正，双手互握，放在裸露的腹部前。真是无法相信，我在楼下排队买票时居然没注意到她。

在灯光熄灭前，她转向左侧看了几分钟。我们四目相对，她并没有像我料想的那样撇开眼，在她的注视下，我挺直了腰身。她上下打量着我，在把脸转向电影大屏幕前，她对我微微一笑。可这不够，我想要更多。

她仿佛没有意识到自己的魅力。我直愣愣地盯着她，如痴如醉，心里想着如何说服她跟我约会的措辞，她似乎一点都不知道。

不幸的是，我没法立刻跟她说上话。我刚找好措辞，灯光就熄灭了。当时，与我约会的女孩坐在我和叶吉德中间。

当天晚上，我就与那个女孩分手了，就在看完电影之后。我跟她分手时，我们正一起站在伊费市奥杜杜瓦堂的门厅里，观影的人群从我们身边走过。

我对她说："请你自己回宿舍吧。我们明天见。"我抱歉地双手合十，尽管心中并不感到歉疚。永远都不会歉疚。我就这么留下她微微张着嘴巴站在那里。

我拨开人群走过去。一路寻找一位身穿露脐白T恤、蓝色牛仔裤，脚踏平底凉鞋的美人。我找到了她。那年年底，我与叶吉德喜结连理。

我对叶吉德一见钟情，这一点毫无疑问。可有些事，即使爱情也无能为力。婚前，我相信爱情能所向披靡。很快我便明白：它承受不了四年没有子女的沉重。倘若这份压力过于沉重，存留的时间过于漫长，那么爱情也会被折弯、破裂，几近崩溃，有时候，它的确会崩溃。可即便碎成千万片，散落在脚边，那也并不意味着它不再是爱情。

经过四年，其他人都不会在乎爱情。我母亲不会。她会谈论我作为长子的责任；会回忆我在她肚里孕育的那九个月，那时她的体内是我唯一知晓的世界。她会集中讲述最后三个月的艰辛，无法舒服地躺在床上，不得不在带软垫的扶手椅上过夜。

很快，妈咪开始说到朱旺，我同父异母的弟弟，父亲二老婆的长子。多年以来妈咪一直把他作为典范。在我小的时候，她总是提到他：朱旺从不会穿着脏兮兮的校服回家，为什么你的衬衫脏了？朱旺从不会弄丢校服、凉鞋，这是你本学期丢的第三双了吧。朱旺总是三点到家，你下课去哪儿了？朱旺带着奖牌回家，你怎么没有？你是这个家的长子，你知道这意味着什么吗？你知道这到底意味着什么吗？你想让他取代你的位置吗？

朱旺上完高中，他母亲没能力支付他上大学的费用，所以他决定去学门手艺，到了那个时候，妈咪才不再提他。我猜妈咪是觉得一个去当木匠学徒的孩子不可能再比得过她上大学的儿子了。之后数年，她都没提过朱旺，似乎对他的生活失去了兴趣，直到她想让我再娶妻子。这时，她告诉我，就好像我并不知道似的，朱旺已有四个孩子，全是男孩。这次，她并不只说到朱旺，而且还提醒我：现在我所有同父异母的兄弟都有了孩子。

我与叶吉德结婚两年后，妈咪开始每月的第一个星期一准时出现在我办公室。她并非独自前来，每次都会带来不同的女子，有可能成为我第二位妻子的人。她从未漏掉任何一个月初的星期一。哪怕生病，也没有。我们有个约定：只要我继续让她带女人来我办公室，她就绝不会带着任何一位候选者出现在我家里，让我妻子难堪；也绝不会向叶吉德提起她的这些努力。

当妈咪发出威胁：若我在一个月内不挑一位，她就开始每周带一名新女子登门拜访我的妻子，于是我不得不做个决定。我深知妈咪说到做到的秉性，她绝不是在虚张声势。我也深知叶吉德无法承受这种压力，那会让她崩溃。在妈咪每月带到我办公室让我一一检阅的各式女子中，芬米是唯一没有坚持要搬进来与我和叶吉德同住的一个。显然，该选芬米，因为她向我索要的并不多。一开始并不多。

她很容易妥协。她接受一间距离我和叶吉德好几公里的公寓，与我们分开住。要求仅仅是每月和我共度一个周末以及一份合理的生活津贴。她同意永远不会成为与我一道出席宴会派对或其他公共场合的那个人。

我答应娶芬米后，好几个月都没见她。我告诉她我手头正在处理很多工作，暂时没法与她见面。定是有人向她灌输了"耐心的妻子终究会赢得丈夫的心"这样的思想，她没有与我争辩，只是等待，直到我向这个事实让步：现在她已是我生活的一部分。

而对叶吉德，我则是更为迫不及待。在遇到她之后的第一个月里，为了与她在一起，我每天要开两小时的车。我五点离开办公室，行车约三十分钟来到伊费市。然后再花十五分钟穿城来到大学校门。通常我会在离开伊莱沙市大约一小时后进入莫雷米楼的F101室。

我每天如此，直到一天晚上，叶吉德从房里出来，走到走廊上，她没让我进去，相反地，她关紧了身后的房门。她告诉我永远不要再来。她说她不想再见到我。可我没有停止。我还是每天来到F101室，连续十一天，对她的室友微笑，努力说服她们让我进去。

第十二天，她来应门。她走出来，与我站在走廊上。我们并排站着，我恳求她告诉我，我做错了什么。一阵厨房与卫生间混合的气息向我们飘过来。

原来，我在遇见她前一直约会的那个女孩曾到叶吉德的宿舍威胁她，声称我们已办过传统婚礼。

那天晚上叶吉德说："我不接受一夫多妻。"而她也终于告诉我之前发生了什么事。

别的女孩会用婉转的方式来表达她要做唯一的妻子的想法。叶吉德则不然，她直言不讳。

"我也不接受。"我说。

"听着，埃金，让我们忘记它吧。忘记这段关系——我们这段关系。"

"我没有结婚。看着我。来啊，看着我。如果你想的话，我们可以现在就去那个女孩的房间，我会跟她对质，让她出示结婚照。"

"她名叫碧萨德。"

"我不关心。"

有那么一会儿，叶吉德一言不发，只是靠在门上，望着走廊里来来往往的人。

我碰了一下她的肩膀，她没避开。

"所以说，我一直很蠢。"她说。

"你欠我一个道歉。"我说。我不是认真的。我们的关系仍处于"不管谁对谁错都无所谓"的阶段，我们尚未进入"决定谁要道歉又会引发一场争吵"的阶段。

"对不起，可你知道人有各种各样的……对不起。"她投入我怀中。

她的拇指沿我的胳膊画着无形的圈圈，我咧嘴笑道："好吧。"

"所以啊，埃金，现在你可以向我坦白你所有的秘密，肮脏的或高洁的。也许在某个地方有个给你生了孩子的女人……"

有些事情我本可以告诉她。本该告诉她。我笑着说："我有些脏兮兮的内衣袜子。你呢？有没有脏内裤？"

她摇摇头。

最后，我把那句从一开始便在舌尖上打转的话说了出来，这或许只是其中一种表达方式。我对她说："叶吉德·马金德，我要娶你。"

4

有段时间，我接受不了这个事实：自己已为正妻，大老婆。玛莎妈就是父亲的大老婆。小时候，我认为她是家中最不快乐的妻子。随着年龄的增长，我的看法并没有发生变化。在父亲的葬礼上，她站在刚刚挖好的坟墓旁，细窄的眼睛比以往显得更细窄，对着父亲娶她之后再迎娶的每一个女人破口大骂。一如往常，她的谩骂还是从我早已离世的母亲开始，因为她是父亲的第二位妻子，是第一个让玛莎妈深感"如此不公"的女人。

我拒绝把自己视作大老婆。

假装芬米压根儿不存在很容易。我继续这样从床上醒来：丈夫仰躺在我身边，双腿如鹰展翅般打开，脸上盖着枕头，挡住来自我那盏床头灯的光。我会捏他的脖子，直到他从床上起来，走向浴室，点点头或挥挥手回应我的问候。大清早他有点口齿不清，必须喝杯咖啡，或冲个冷水澡，才能好好说话。

芬米首次登门几周后的一个夜晚，快到半夜的时候，我们家的电话铃响了。等我在床上坐起来,埃金已走到房间中央。我拉了两下床头灯的绳子,四个灯泡全亮了。埃金拿起电话,皱着眉头听电话另一端的人在说话。

他挂上电话之后,走过来,挨着我在床上坐下。"是阿里尤,他是拉各斯总部的营运总监。他给我打电话说明天我们的银行不该开门接待客户。"他叹了一口气,"发生政变了。"

"天啊。"我说。

我们默默地坐了一会儿。我在想会不会有人被杀,接下来的几个月会不会出现骚乱和暴力冲突。尽管我那时还太小,记不住这些事件,可我知道1966年的一连串政变最终将整个国家拖入内战的深渊。为了自我安慰,我想着最近一次政变之后,紧张局势如何在几天之内烟消云散。那场发生在二十个月前的政变让布哈里将军①成为国家首脑。彼时,这个国家做出决定,它已厌倦被布哈里及其同僚罢黜的那个腐败平民政府。

"但是确定政变的策划者成功了吗?"

"好像是的。阿里尤说他们已经逮捕了布哈里。"

"希望这些家伙不会杀人。"我再次拉了一下床头灯的绳子,熄灭其中三个灯泡。

"这个国家啊!"埃金叹息一声,站起身,"我要下楼再检查一下门。"

"所以现在谁当政?"我躺回床上,尽管我不可能再睡着。

"对于这一点,他什么都没说。早上就该知道了。"

到了早上,我们还是不知道。清晨六点,一名军官在广播中谴责

---

① 穆罕默杜·布哈里(1942年12月17日—),1983年12月31日布哈里发动军事政变推翻第二共和国的沙加里民选文官政府,重新建立军事独裁统治。2015年,布哈里当选新总统,时隔三十年再次登上国家权力顶峰。

前政府，关于新首脑，他没有告诉我们任何信息。听完广播后，埃金马上离家去办公室，这样他就能在抗议爆发前抵达工作地点。我留在家中，因为我已经知道美发师学徒听到早晨新闻后不会到沙龙来了。我开着收音机，尝试给每个住在拉各斯市的熟人打电话，以确认他们安然无恙，可电话线路严重堵塞，打不过去。中午听完新闻后，我打了会儿盹儿。等我醒来，埃金已经回来了。他告诉我：易卜拉欣·巴班吉达①成为新的国家首脑。

接下来的几个星期里，最不寻常的事就是巴班吉达不仅以国家首脑自称，还将自己称作总统，国人也慢慢开始称之为总统，仿佛这次政变实乃一次选举。总之，世事似乎如常运转，我与丈夫就像其他国人一样，回归常规生活。

大多数的工作日，埃金与我一起用早餐。我们通常会吃煮鸡蛋和吐司面包，还会喝大量的咖啡。我们在咖啡上的品味相同，红色的马克杯，配上小花点缀的餐垫，每杯咖啡不加奶，只加两块糖。用餐过程中，我们会商量这一天的计划。我们会谈论找人修理浴室漏水的天花板，会讨论巴班吉达任命的那些政府部长，会考虑杀死邻居那条夜里老是不停叫唤的狗，会探讨我们正在试吃的人造黄油是否过于油腻。我们没有提及芬米，甚至从未误提她的名字。吃完早餐，我们一起把盘子端到厨房，放进水槽，等着随后清洗。我们会洗净手，互吻一下，然后回到客厅。到了客厅，埃金会拿起外套穿上，离家上班。我会上楼洗澡，然后出发去美发沙龙。就这样，我们的生活继续着，日复一日，周复一周，月复一月，仿佛这场婚姻中仍旧只有我们两人。

---

①易卜拉欣·巴班吉达（1941年8月17日— ），即易卜拉欣·巴达莫西·巴班吉达上将，尼日利亚前军事独裁者，1985年8月27日发动军事政变推翻穆罕默杜·布哈里军政权的统治后上台执政，1993年8月在非洲民主化浪潮中宣布辞职，结束了八年的独裁统治。

然后，有一天，埃金已离家上班。我回到楼上洗澡，发现浴室的天花板塌了一块。那天早上一直在下雨，定是聚集起来的雨水最终压垮了本已受潮的石棉，让天花板中央裂开一个口子，雨水穿过天花板落入浴缸中。我还设想在浴缸里洗澡，因为婚后我就从没用过这所房子里其他的浴室。可雨一直下个不停，石棉裂开的位置让我无论躲到浴缸的哪个角落都会被雨水或连同雨水一起落入浴缸的木屑、金属末打到。

我给埃金的办公室打去电话，让他的秘书留了条关于天花板情况的信息，然后不得不第一次到楼下客房的浴室洗澡。在浴室里，在陌生的空间里，我想到了这种可能：若芬米下定决心，要搬过来住，并且坚持在主卧过夜，那么我可能就不得不常常在这个小花洒下洗澡。我洗掉泡沫，回到主卧——我自己的卧室，准备穿衣上班。下楼前，我去查看浴室的状况，天花板的破损情况没有恶化，雨水仍是直接落入浴缸中。

我打开雨伞冲向车子，屋外暴雨如注，狂风差点把我的伞给拧弯。等我进入车内，鞋子已经湿了。我脱下鞋，换上平时开车时穿的便鞋。我拧动钥匙打火，汽车毫无反应，只是徒劳地嗒了一声。我试了好几次，但运气都不好，车子还是打不着火。

婚后埃金把这辆"甲壳虫"送给我，它一直很忠诚，我从未遇到过车子出问题。埃金负责定期保养，并每周检查机油之类事项。车外仍是大雨倾盆，虽然沙龙离这栋住宅不远，但走着去也不行。大风已将邻居前院树木的若干树枝刮断，顷刻间便可将我的雨伞折断。于是我坐在车里，望着更多树枝在狂风中挣扎，直至被折断，跌落地上，但这些断枝仍是郁郁葱葱的样子。

就在此刻，脱离我常规生活的时刻，芬米的身影赫然闯入我的脑海。有个念头在我脑中萦绕：我也会成为这些女人中的一员，最终人们宣告我太老了，不能再陪丈夫出席宴会派对。可哪怕就在此时，我仍能将这些想法锁住，将它们困在思想的角落，困在一个它们无法展翅的地方，这样它们就不能占据我的生命。

那天早上，我从包里拿出笔记本，开始罗列我要给沙龙添置的物品清单。我还为扩张沙龙的计划草拟了预算。没必要去想芬米，埃金向我保证她不会是个问题，还没发生任何证明他不对的事情。可我还没跟任何一个朋友提过芬米。我给索菲娅或辛迪打电话的时候，会谈论我的生意、她们的宝宝，还有埃金的升职。辛迪是个未婚母亲，索菲娅则是个三老婆。对于我的境况，我认为她们俩谁都给不了我有用的建议。

天花板漏了个洞，车子打不着——如果玛莎妈的一天是这样开始的话，她会回到自己的房间，在紧闭门窗的房内度过一整天，因为宇宙正企图告诉她一些事情。宇宙总是企图告诉那个女人一些事情。我不是玛莎妈，所以当雨小下来，变成淅沥细雨的时候，我最后一次拧转打火钥匙，然后穿着便鞋走出汽车。我把手袋跨在肩上，一手拿着雨伞，一手拿着湿鞋，我要走着去沙龙。

*

我的沙龙可以容纳好几个女人，显得很热闹。有些女人坐在靠垫椅上，任由我或我的学徒们拿木梳给她们梳理头发，给她们上带盖的烘发机，或为她们制作发型。有些女人则在安安静静地读书，有的女人唤我"亲亲姐"，有的女人在高声说笑，几天之后那些笑话还让我发笑。我爱这个地方：梳子、卷发夹以及每面墙上的镜子。

我在伊费大学读书的第一年就开始通过美发来挣钱。和大多数大一女生一样，我住在莫桑比克楼。搬进宿舍的第一周，我每天晚上从这个宿舍到那个宿舍告诉其他姑娘：我可以给她们编辫子，所收的价钱只有美发店的一半。我有的只是一把小木梳。大学期间，我唯一投资的一件物品是顾客坐的塑料椅子。第二学年搬到莫雷米楼时，我首个打包的物件就是这把椅子。我挣得不够多，买不起吹风机，可到了第三学年，我挣的钱已足够养活我自己。每当玛莎妈决定扣下父亲每月通过她划给我的生活费时，我也不用担心会挨饿。

婚礼后，我搬到伊莱沙市，虽然我会在工作日开车到伊费上课，但却不可能像以前一样继续做美发生意。有一段时间，我什么钱都不挣。我不需要挣钱：除了管家的津贴外，埃金给我一笔数目可观的零花钱。可我怀念做美发的日子，我不喜欢这种状态：我心里明白，如果为了某个原因埃金停止给我钱的话，我甚至连包口香糖都买不起。

婚后头几个月，我只给埃金的妹妹阿丽诺拉编过辫子。她常说要给我钱，但我拒绝收。她不喜欢复杂的发式，总让我给她编传统的"苏库"发式，发辫径直编到中分发线。一段时间之后，我厌倦了这种发型。于是我说服她让我花十个小时把她的头发编成上千条细辫。一周之内，阿丽诺拉的教育学院同事纷纷恳求她把美发师介绍给她们。

一开始，我在后院的腰果树下接待这个数量越来越庞大的女士群体。可是，埃金很快便找到一家店面，他告诉我那个地方用来做美发沙龙简直是完美。我不大愿意开一家真正的美发沙龙，因为我知道在没获得学位之前，自己只有在周末才能去沙龙工作。埃金说服我去看一眼他找到的地方，刚一踏进那个房间，我马上就看得出来，它真的很完美。我努力掩饰着自己的兴奋心情，告诉他没道理把钱花在一个每周五天关门的地方。埃金看穿了我的心思，几个小时后，我们俩手牵着手出现在房东的客厅里，埃金与房东协商租金。

当他娶芬米的时候，我仍在使用这个沙龙空间。那天早上，虽然因为下雨和车子出了问题，我抵达沙龙的时间比平时晚，但我还是第一个到的。我打开门的时候，一个学徒也没见着。通常来说，她们会来得早些，做好开门营业的准备。就在我打开灯时，雨的噼啪声开始加速，最后，听起来仿佛上百只蹄子在房顶上踩踏。在雨再次歇停前，姑娘们很难穿城来上班了。

我打开收音机，那是我上大学时父亲送给我的。现在它有好几个地方都坏了，可我还是用强力胶把它修补好。我拨弄刻度盘，直到找到一个正在播放音乐的电台，我没听过这些音乐。然后我开始摆放洗发香波、润发油、造型啫喱和卷发熨斗，还有一罐罐的顺发剂和一瓶瓶的发胶。

我没费心思去检查在雨里行走有没有毁掉我的发辫，尽管我打伞了。倘若我去照镜子，就不得不审视自己的脸形，小小的眼睛，大大的鼻子；还会查看下巴或嘴唇有没有问题，所有可能令男人尤其是埃金发现芬米更加迷人的地方。我没时间自怜自悯，所以继续干活，摆弄这些物件和设备会让我的思绪专注于美发。

雨停之后，姑娘们一个接一个陆续进店。最后一个刚入门，首位顾客就来了。我抓起木梳，将女人的头发按中分线分开，双指沾上黏糊糊的润发油，开始一天的工作。她的头发浓密而丰盈，我将长发编成一绺一绺，聚集在颈后，在此过程中，发丝发出轻柔的叭叭声。当我编织她的秀发时，有四个人在一旁等候。我把头发分开，将绺绺秀发编成不同的形状，掐掉分叉的发梢，对美发学徒姑娘提出各种各样的意见。这种感觉很幸福，时间悄悄溜走，很快便过了中午。等我停下来吃午餐的时候，手腕都疼了——那天早上几乎每个人都要求编辫子，只有为数不多的几个顾客要求进行简单的洗吹服务。

那天下午，我点了份橄榄油炖菜盖浇玫瑰香叶煮米饭。街上有个女人做这道饭菜做得极其美味，以至于我享受完炖菜里的熏鱼粒和牛皮粒之后，总是不得不抑制住将叶子舔干净的冲动。如此美食让我在清空餐盘后，忍不住要停一下，心中升起一种满足感：沙龙的荧光灯在我周围嗡嗡作响，而我则放眼凝视着前方的空间。沙龙之外，虽然雨终于停了，可天空还是阴沉沉的。冷空气穿过沙龙，与烘发机吹出的空气竞相主宰房间里的温度。

她进来的时候，我以为是个顾客。她在门口站了一会儿，乌压压的天空犹如噩兆般悬在她身后。她蹙着眉环顾房间，直到最后视线落在我身上。然后她笑了，走过来跪在我身旁。她那么漂亮。她的脸蛋会让任何一种发型大放异彩，会让集市的其他女人艳羡地望着她的背影，会让有些女人上前问询：你的美发师是何人？

"家母，早上好。"芬米说。

她的话刺痛了我。我并非她的母亲。我不是任何人的母亲。大家还叫我叶吉德。我不是这个妈或者那个妈。我还只是叶吉德。这个念头让我说不出话来，让我想把她的舌头从嘴里扯出来。如果是多年前，任何东西都阻止不了我把她打得满地找牙。我还是伊费女子高中的学生时，可是著名的"可怕的叶吉德"。每隔一天我就会打上一架。那时候，我们会等放学后再开始打。我们会离开校区附近，找一条老师回家不会路过的小径。我总是赢——不是只赢过一次，而是一次都没输过。我丢过几颗扣子，掉过一颗牙，流过好多次鼻血，但我从没输过。嘴里从没进过一粒沙子。

每当我晚回家，因打架而弄得浑身是血，继母们都会大声叱责我，声称一定要惩罚我的不光彩行为。到了晚上，她们用褪色的裹布绑在下垂的胸部上，悄悄说着话，轻轻训导自己的孩子不要学我。毕竟，她们的孩子有母亲，会诅咒、会做饭的活生生的女人，会做生意有浓密腋毛的活生生的女人。唯有像我一样没有母亲的孩子，才会这样调皮捣蛋。不只是因为我没有母亲，还因为我曾经拥有的那个母亲，那个将我从体内推出，推到这个世界几分钟之后便死去的母亲，是个没有家世血统的女人！谁会让一个没有家世血统的女人怀孕呢？只有愚蠢的男人，一个碰巧是，嗯，她丈夫的男人。但是，这并非症结所在，症结在于：当一个孩子没有明确的血统，那么他或她就会被贬为任何东西——甚至是狗、女巫，或者拥有劣质血统的怪异族人。显然，三太太的孩子拥有劣质血统，因为她的家族常常出现不贞之事。可至少那是大家知晓的劣质血统——没人知道我（可能）的劣质血统源自何处，这更糟糕，我像条流浪狗般打架，让父亲脸面尽失，足以证明这一点。

房间里每位太太与自己孩子分享的窃窃之语最终会被我那些同父异母的兄弟姐妹详尽地汇报给我听。这些话并没有困扰我，那只是太太们玩的一种把戏：努力证明哪个女人生出一群优等的孩子。让我困扰的是那些从未付诸实施的威胁，从未挥到我身上的鞭子，从未加派给我的额外家务，从未罚我不许吃的晚餐，哪怕我的打架变成家常便饭。这一切提醒着我：其实她们根本不在乎。

"家母？"芬米说。她还跪着。

我将回忆像颗超大的苦药丸般咽下去。芬米的双手放在我的膝盖上，她的双手护理得很完美。指甲上涂着鲜红的指甲油，色调类似我和埃金那天早上用来喝咖啡的情侣马克杯。

"家母？"

我再也不涂抹指甲油了。上大学的时候我常常涂抹指甲油。

是这些指甲让埃金觉得她很迷人的吗？当她用这些漂亮的指甲掠过他的胸膛时，他有什么感觉呢？他的乳头发紧了？他呻吟了？我想……不……我要马上知道，详尽地知道。她是否已经拥有他身上一度只属于我的东西？她是否已经拥有我从未有过的东西？他的孩子？

"家母？"

"谁是你的家母？现在你最好站起来。"我说。

虽然我身边就有一把空椅子，但是她选择坐到我那把椅子的扶手上。

"你为什么在这儿？谁告诉你这个地方的？"我轻声问，因为周围顾客与美发师之间的谈话已经停下来。有人关掉了收音机，沙龙里变得很安静。

"我只是想我该来问候您。"

"在这个时候？你没工作吗？"这话是在羞辱她，可她却当作是个问题。

"没——有。我没有工作，因为我们的丈夫把我照顾得很好。"当她说"我们的丈夫"时，提高了声音，很显然，房间里的每个人都听到了她的话。椅子吱吱作响，因为顾客为了听到我们的对话，调整座椅位置，还尽可能往后靠。

"什么？"

"我们的丈夫是个非常体贴的人。他一直把我照顾得很好。感谢上帝，他有足够的钱来照顾我们所有人。"她在我头顶上方微笑。

我凝视着对面镜子里的她："足够的钱来干什么？"

"来照顾我们啊，家母。这就是男人工作的原因，对吗？为了妻子和孩子。"

"我们有些人是工作的。"我说，攥紧的拳头僵硬地放在身侧,"你必须离开,这样我才能做我的工作。"

她对着镜子微笑:"家母啊,明天下午我再来。也许那会儿您就不这么忙了。"

她期待我回以微笑吗?"芬米,别让我看到你这两条竹竿腿再次出现在这个地方。"

"家母啊,没必要这样嘛。我们必须成为朋友,至少为我们将会拥有的孩子着想。"她再次跪下,"我知道大家说您生不出孩子,可上帝无所不能。我知道一旦我有了孩子,您的子宫也会打开。如果您说我不该来这儿,我就不来了,可我想要您知道:这可能就是引发不孕的原因之一。再见,女士。"

她笑着站起来,转身离开。

我站起身,抓住她后背的裙子:"你!这可恨的……这邪恶的埃格贝尔①。你说谁生不出孩子呢?"

我不准备与她对抗。哪怕我说出来的羞辱言辞也只是含沙射影。芬米看起来不像神话里的埃格贝尔。她长得并不矮,没有拿着毯子,也没有不停地哭泣。实际上,她转身面对我的时候是面带微笑的。在我的第一个巴掌扇到她脸蛋前,顾客和美发师围了过来。

"别理她,"女人们说,"让她走。"她们拉住我的手,让我放开芬米的衣裙,推我坐回到椅子上,"请冷静下来。放宽心。"

---

① 埃格贝尔,在约鲁巴神话中,埃格贝尔是一个居住在树林里、只在夜里出没的恶毒幽灵。据说埃格贝尔身材矮小,身边带着一块毛毯,里面裹着很多钱财。

5

我买了新的马克杯。

吃早餐的时候,埃金问:"你知道为什么我不喜欢白色的杯子吗?"

"请跟我说说。"我说。

"总能把咖啡渍看得太清楚。"

"真的?"

他扯了扯领带,蹙起眉说:"你听起来很生气。怎么了?"

我往吐司上涂抹更多的黄油,搅动咖啡,咬紧牙关。我本已做好准备,对自己为何难受三缄其口,直到埃金至少五次询问其中缘由,但他甚至没给我生闷气的机会。

"我不喜欢这些白杯子。"他举起一根手指,停下来喝了点水,"旧杯子哪儿去了?"

"我摔碎了。"

他的嘴做出一个"哦"形,但声音没发出来,他又吃了一口吐司。我能看出他只是简单地认为我误将杯子撞倒了,或拿的时候脱手了。他没理由想到：午夜时分，当客厅的布谷鸟钟在午夜鸣响报时的时候，我将鲜红色的马克杯一个个砸到厨房的墙壁上。他绝不可能想象得到：我将杯子碎片扫进簸箕，倒入小钵，一直敲打，直到浑身大汗淋漓，心中怀疑我是不是疯了。

"你知道，总部的内部审计人员昨天到办公室来了，我们正忙着应对他们。我忘了派人来检查那块天花板。今天我会——"

"你妻子昨天到我的沙龙来了。"

"芬米？"

"还能有谁？"我从椅子上倾身向前，"还是说，你另有一个我不知道的妻子？"自打前一天芬米离开沙龙之后，我就一直无法摆脱这个念头：有可能存在其他的妻子——在伊莱沙市，或别的城市——其他他爱着的女人，其他让他不再专属于我的女人。

埃金用手捂着半边脸："叶吉德，我已经向你解释过我和芬米的约定。你不该让她困扰你。"

"她说你把她照顾得很好。"这句话没有传递出我想要它传递的力量，因为我找不到丝毫前一天我面对芬米时的那种愤怒与蔑视。我想要生他的气，我本该生气，所以继续说了下去，想要自己的话超出我对那份愤怒的真实感受："什么意思？跟我解释一下'照顾得很好'的意思。"

"亲爱的……"

"打住。就此打住。今天上午请不要再叫我亲爱的。"可我真的想要他再叫我亲爱的，只叫我一个人，没有别人。我想要他把手伸过桌子，抓住我的手，告诉我我们会好的。那时，我仍相信他知道该怎么做，该怎么说，仅仅因为他是埃金。

"叶吉德——"

"昨晚你在哪儿？我一直等你回家，等到后半夜。你去哪儿了？"

"运动俱乐部。"

"什么？运动俱乐部？你一定认为我是个傻瓜。运动俱乐部几点关门啊？告诉我，几点？"

他叹了一口气，看了一眼手表："你要开始对我管头管脚了？"

"对于你和那个女孩之间发生的事，你只字不提。"

他抓起外套，站起来："我要去工作了。"

"你在骗我，对吗？"我跟着他走向大门，想找些词来告诉他，我并不是真的想要跟他吵架，想解释我害怕他会离开我，我在世上又会变得孑然一身。"埃金，上帝会欺骗你，我保证。上帝会用你欺骗我的方式来欺骗你。"

他关上门，我透过玻璃门望着他。他哪儿都不对。他没有用手提着公文包，而是用左臂把公文包夹在身侧，所以身体有点向左倾斜，看起来像要弯下腰似的。他的外套没有搭在肩上，而是攥在右手里，一只袖子的边缘触碰到地面，当他走向那辆黑色标致车的时候，袖边也跟着一起滑下门廊的台阶，滑过草地。

他开始倒车时，我转身离开。他的咖啡杯还是满的，一口都没喝。我在他的椅子上坐下，把我的那份吐司和他的那份都吃掉，把他的咖啡喝完，然后把餐桌收拾干净，将脏盘子拿到厨房，清洗干净，还仔细检查，确保杯子里没有残留任何咖啡渍。

我不想去上班，因为我还没做好再次面对芬米的准备。在我看来，她显然不会仅因为我的话就不再出现在沙龙里。我了解像芬米这样的女人，那种选择当二老婆、三老婆或七老婆的女人，她们永远不会轻易退让，绝无可能。我看着她们来到父亲的房子，介入父亲的生活。每一位继母，她们总是有备而来，心里藏着计谋，她们从不像一开始表现出来的那般傻乎乎、好相处。而玛莎妈总是措手不及、惊慌失措，自身毫无应对的策略或计划。

显然，我也成了傻瓜，竟有那么一刹那相信埃金可以控制住芬米。于是，我决定休假一天，将事情想清楚。我到沙龙待了几分钟，给德比下达一些工作安排——德比是学徒中最有资历的美发师。然后我坐上出租车去奥多伊罗区找希拉斯，他是平常给我修理甲壳虫车的技师。

希拉斯看见我独自一人来到他的店里感到很意外，于是便问起埃金。开车回家的路上，他变着法告诉我，在做任何修理前，他更想跟埃金谈一下修车的情况。

希拉斯修理"甲壳虫"的时候，我做饭，车修好后，我请他吃午餐。他到屋外洗净手，快速把山药炖汤吃掉。他吃的时候，我坐在那里看着。我跟他说话，他看看我，不时咕哝几句，可大多数的时候，他只是疑惑地看看我，仿佛不知该说什么来应对我这个滔滔不绝说话的人。当他站起来准备离开的时候，我按照他提出的费用点好钱，将钞票递给他，然后跟着他来到车前，他开车离开时我还在说话。

我坐在门廊处，向路过的邻居大声问候，直到德比到来，把沙龙挣的钱交给我。我邀请她进屋，给她拿了点食物，可她婉言谢绝，说她不饿。于是，我坚持让她喝瓶马尔缇娜①。德比回家后，我已无事可做。车子修好了，餐盘洗好了，晚餐准备好了，尽管这时我心知肚明，埃金要到半夜才会回来。我再也没法拖延，不得不思考芬米的问题。

我仔细考量了几种可能性，从"下次她出现在沙龙的时候狠揍她一顿"，到"让她搬进来和我们住，这样就能随时随地近距离盯着她"。我很快便意识到终极解决方案与芬米没太多关系。我只须怀

---

① 马尔缇娜，一种无酒精的麦芽饮料。

孕，尽快怀孕，赶在芬米怀孕之前。那是我能确认自己可以留在埃金生活中的唯一办法。

*

我相信自己是妈咪心爱的儿媳妇。作为孩子，大家认为我应该唤继母为妈咪，甚至父亲也鼓励我这样去做，但我拒绝。我坚持称呼她们为妈妈。每当父亲不在跟前，仅因为我拒绝称呼她们为"我的母亲"来对她们表示敬意，有些女人就会扇我耳光。正如好几位继母总结的那样：这是因为我很固执，或企图挑衅她们，这一点我并不否认。对于我来说，"我的母亲"已成为我的心魔、我的信仰，一想到要唤别的女人为"母亲"，仿佛亵渎，仿佛是对那个为了让我活下去而献出自己生命的女人的背叛。

有一年，我们家所属的圣公会教堂用一个特殊礼拜来庆祝母亲主日。牧师布道之后，传唤所有未满十八岁的人来到教堂前列，因为他想让我们献歌一首来对母亲表示尊敬。那时我十二岁，可我没站起来，直到引座员推了一下我的后背。我们唱了一首尽人皆知的歌曲，这首歌源自一句俗语。我成功地唱出第一句：母亲如金子，母亲如珍贵的金子，非金钱可买。然后我咬住舌头将泪水逼回去。这句歌词比我听过的任何说教都能引起我的共鸣。这一刻，我知道金钱无法取代母亲，继母或任何人都不可以，我确定自己永远不会唤任何一个女人"妈咪"。

然而，每次埃金的母亲将我拥入她的怀抱，我的心就会唱响"妈咪"一词，当我用这个充满敬意的称谓唤她时，这词不会黏在我的喉咙，拒绝爬出来。以前继母们企图通过扇耳光，逼我说出这词的时候,我都会有这种感觉。她受得起这个称呼,如果她注意到我和埃金之间出现任何问题,都会站在我这边。她会向我保证:我为她儿子怀孕只是迟早的事。她会坚信:一旦我在正确的角落转弯,奇迹就会在那里等着我。

当有位怀孕的顾客——阿德鲁太太,跟我提到"奇迹山"时,我当天就去找妈咪,与她商量此事。我需要她来甄别这个信息,对于诸如此类的事,她知之甚多,是个宝库。哪怕她对这个奇迹之地一无所知,通常也知道该去问谁,而且一旦她将事查清楚,便会陪我到世界尽头寻求新的解决办法。

我曾经一度对阿德鲁太太的话置之不理,曾经一度不相信这些住在山上的先知,或在河边敬拜的祭司。那是在我到医院接受无数次检查,在他们每个人都说没有任何东西阻止我怀孕之前。我曾寄希望于医生会找出问题所在,找到某些东西来解释为什么结婚这么多年后我的月经还是每月如期而至。我希望他们能找到一些可以治疗或者治愈的方法。但是,他们什么都没找出来。埃金也到医院接受检查,回来说医生在他身上没找到任何毛病。然后我不再将婆婆的建议撇到一边,不再认为像她那样的女人是不开化的,有点疯疯癫癫。我开始接受其他可能性。倘若我在一处得不到想要的,那么到别处寻找有什么错?

我的公公婆婆住在爱耶叟区,这片老城区里仍有一些泥房子。他们住的是砖房,房子前院有一部分被低矮的水泥栏栅围着。我来到的时候,妈咪正坐在前院的矮凳上,往放在膝盖上的锈盘子里剥花生壳。我走近时,她抬起头,然后又垂下眼睑。我咽下一口唾沫,脚步慢了下来。有什么东西不对了。

妈咪总是喊着"叶吉德,媳妇"来迎接我。温暖的叫喊之后紧接着是同样温暖的拥抱。

"晚上好,妈咪。"我的膝盖触碰到水泥地面时颤抖起来。

"你现在怀孕了吗?"她说这话时,眼睛没从花生盘子里抬起来。

我挠了一下头。

"你生不出孩子,同时也聋了吗?我说,你怀孕了吗?答案只是两者之一,'是的,我怀孕了'或者'不,我这辈子一天都没有怀过孕'。"

"我不知道。"我站起来,往后退,直到攥紧的拳头碰不到她。

"为什么你不能让我儿子有孩子呢?"她把花生盘掀翻在地上,站起身。

"创造孩子的不是我,是上帝。"

她大步向我走来,当脚尖碰到我的脚尖时开口说话。

"你见过上帝在产房生孩子吗?告诉我,叶吉德。你在产科病房见过上帝吗?女人生孩子,如果你不能,就只是个男人。没人会把你称作女人。"她抓住我的手腕,降低声音,"这种生活并不难,叶吉德。如果你生不出孩子,那就让我儿子和芬米生一些。听着,我们不是在要求你放弃在他生命中的位置,我们只是说你该换换位置,让别人能坐下来。"

"我并没阻止他,妈咪。"我说,"我已经接受她了。现在她甚至会在我们家过周末。"

妈咪撑着胖腰身,笑了起来:"我也是女人。你以为我昨天晚上才生出来吗?告诉我,为什么埃金从来不碰芬米?他已经和她结婚两个多月了。告诉我,为什么他一次都没扯下她的裹布?告诉我,叶吉德。"

我强忍笑意:"埃金和他的妻子怎么样,不关我的事。"

妈咪撩起我的上衣,把皱巴巴的手掌放到我的腹部。

"像墙面一样平,"她说,"两个月以来,你一直让我儿子待在你的两腿之间,而你的肚子还是平的。把你的大腿合上,拒绝他。我求求你了。我们都知道他对你的感情。如果你不把他赶走,他不会碰芬米。如果你不把他赶走,他会到死都没有子女。我求求你了,别毁了我的生命。他是我的长子,叶吉德。我以上帝的名义求你。"

我闭上眼睛,可泪水还是从眼皮底下挤了出来。

妈咪叹了一口气:"我一直对你很好,我以上帝的名义求你。叶吉德,可怜可怜我吧。"

然后她抓住我,将我拉入怀中,嘴里喃喃地说着安慰的话。她的拥抱不再温暖。她的话压在我的腹部,让那个本应是婴儿所在的地方又冷又硬。

6

当我爬上奇迹山的时候，内心充满恐惧。身后跟着的那个胡子拉碴的男人没有缓解我的忧虑。他是我的陪同，山顶上的人派来的。山顶处，其他虔诚的祈愿者正在吟诵祷告词，风将吟诵声吹到我们耳边，又将它们带走。我能看到上百位祈愿者，他们身披绿色长袍，头戴与长袍同色的圆顶高帽。

"别停。"陪同说。

他一定注意到我的步伐在慢下来。

陡峭的山峦光秃秃的，一棵树都没有，让人连暂时躲避太阳的树荫都找不着。我很渴，喉咙干干的，口里几乎一点唾沫都没有。我不能拖延。我被要求禁食。没食物、没水，而且，正如陪同在山脚碰到我时告诉我的那样：爬山的过程中，如果我停下来歇息，就会即刻被遣送回家，没有祈愿，也见不到至尊祭司。

阿德鲁太太向我保证：这群祭司的首领——约西亚先知，确确实实能创造奇迹。她凸起的腹部便是令人信服的证据。我需要一个马上就能出现的奇迹。我唯一能拯救自己,摆脱一夫多妻状况的办法就是赶在芬米前先怀孕。这样的话,埃金就可以让那个女孩离开。可当我拉着那头小山羊往山上走时,心中真正想要的唯一奇迹是水从石头涌出,这样我就能解渴了。陪同盯着我胸脯看的样子让我警惕起来。我颤抖的原因不仅是因为筋疲力尽,而且还因为心中有了不祥的预感。每次我的视线撞上他肆无忌惮、转来转去的目光,就想奔下山去,回到车里,然而我继续努力往山顶走去。虽然芬米现在还住在城里的公寓,但有一件事我无须先知来告诉我:只要她一怀孕,就会搬进我家。

"你能帮我拉一下山羊吗?"我问陪同,希望先知派个女人来接我。

"不能。"他回答,同时掌心滑过我的脸庞。正当我想将他的手掌扇掉时,他弯起掌心,让汗珠从我脸颊上滚落下来。

他揽住我的腰,大概是为了稳住我。我试着加快颤抖的脚步,可山羊却停了下来。我使劲拉了又拉,直到绳子将我的手都磨疼了。我本可以将它拽到一边,可我得到的命令是带一只没有伤口、没有瑕疵、没有其他颜色斑点的白山羊来。

"是这羊。我没停。"我深恐他会将我遣返回去。

"我看得出来。"

过了一会儿,山羊开始走起来。我们很快便抵达山顶。那些虔诚的祈愿者闭着眼睛,围坐成一个大圈。

"进圈里去。"陪同说。然后他与其他人一起坐下来,闭上眼睛。

有个男人站在圈子的中心。他的胡子甚至比那个陪同的胡子还长,盖住了大部分的脸庞。他的圆顶高帽比其他人的帽子大,而且他的帽子没往后倒,相反地,帽子里塞了东西,让它直挺挺的。

"给我们的姐妹腾个地儿。"他说。

在我面前的两个祈愿者闭着眼睛站起来,往圈里挪了挪。我拉着山羊一起进入圆圈,站到那个戴大帽子男人的身边。我环顾四周的人,意识到他们全是长着胡子的,全是男人。我回想起陪同猥琐的目光,觉得自己快要晕倒。这些男人像是收到暗号一般,开始口中喃喃、身体颤抖,仿佛受到了某种无形的刺激。我想到了埃金,想到了我们的孩子会多么美丽。

"你会得到一个孩子的,"我身边的男人大喊,喃喃声停了,他张开眼睛,"看着你的孩子。"他指着那只山羊说。我的视线从山羊身上转向男人雀跃的眼睛。我想逃离这个疯子,但我能看得出来他们全会像疯狗似的疯疯癫癫、流着口水追在我身后,绿袍随风飘扬。我可以想象自己从陡峭的山脊上滚落、死亡。

"你认为我疯了?约西亚先知疯了?"他一把抓住我的后脑勺,咯咯地笑起来,"在我们完成之前,你跑不掉的。到那时,你会怀上孩子的。"

我吓得不住地点头,直到他放开我的头。

喃喃声再度响起。那人弯腰站在山羊边上,把绳子从山羊的脖子上取下来,然后用一块绿布将山羊包起来,直到只有山羊的脸露出来。他将山羊猛地推向我:"你的孩子。"

我接过这团东西。

"抱紧它,跳舞。"男人命令道。

喃喃声停下来,男人们开始歌唱。我拖着腿跳起来,将那团东西抱在胸前,被它的重量累得气喘吁吁。歌声变成快速的吟唱,我的步伐加快了。我跟着他们一起唱。

跳到最后,我的嗓子都要冒烟了,几乎无法吞咽。每次我眨眼时,都能看到飞闪而过的光与色,就像一道破碎彩虹的碎片。我们继续跳舞,直到我觉得自己处于某种神圣体验的边缘。然后,在明媚的阳光下,那只山羊看起来就像一个新生的婴儿,我相信了。我们唱歌跳舞,直到我的脚踝发疼,我渴望跪倒在地。定是过去好几个小时后,先知开口说话了。

"喂,孩子。"他说。他的声音仿若一个遥远的遥控器,能调控周围这些男人的活动。这一次当他说话时,歌声停止了。我看向他的手,想着他会递给我一些草。

他扯了一下我的上衣前襟:"给孩子喂奶。"

他低声说出这句话之后,我很自然地就把手伸到后背,松开象牙白蕾丝胸衣。我撩起上衣,坐在地上,双脚前伸,将乳头推入臂弯里张开的那张嘴。

我没想埃金,没想他说"我要疯了"这话时的样子;我没想妈咪,没想她提醒我:如果没孩子,我在他儿子的房子里双腿会发抖;我甚至没想芬米,没想她可能已经怀孕。我低头看向臂弯里的那团东西,看到我孩子的小脸蛋,闻到婴儿粉的清新味道,我相信了。

当约西亚先知把那团东西从我的臂弯抱开,我觉得臂弯里空荡荡的。

"走吧。"他说,"哪怕这个月没有男人靠近你,你也会怀孕。"

我全心接纳他的话。这些话令我觉得宽慰。当我独自走下山,脸上带着笑容。我还能感觉胸脯的潮湿,怦怦直跳的心中盈满了孤注一掷的信念。

7

周日的时候,叶吉德告诉我她怀孕了。大约清早七点,她把我叫醒,说前一天发生了个奇迹。就在一座山上,上山的奇迹。

我请她关上床头灯。早晨的时候,灯光让我眼睛发疼。

那个时候她仍有幽默感,偶尔会开个玩笑。我以为她在搞怪而已。我认为她会拿怀孕开玩笑,也许有点牵强。

当她关上灯,我坐起来,等着她把那关键的妙句说出来,这样我就能滑回被子里。可她只是站在床边,笑意盈盈的。我一点都不觉得好玩。她正在违反我的"星期天原则"。我一直严格遵循"礼拜日"的规矩,在中午之前从不主动睁开眼睛。她知道的。

"我给你倒杯咖啡。"她将窗帘拉开一点,让一缕阳光照了进来。

她离开房间,我起床,走去浴室,打开冷水,将头放到花洒下冲了几分钟。我走回房间,身上没围毛巾。让水滴滴落在前胸与后背,从而把短裤的腰带弄湿了一点。

等我回到房间,她已经回来。双腿交叉着坐在床上,这时我注意到她没有穿睡袍，而是穿着短裤和蓝色T恤。看起来，她已经醒了一段时间。

她身侧放着一个托盘。托盘上放着一盘炸山药、一碗炖鱼和两杯咖啡。如果我在床上吃个三明治，这女人会连着好几周抱怨，而现在她却端了碗炖菜进入房间。那个时候，我就该意识到出问题了。

我坐到床上，抿了一口咖啡："你什么时候起床的？"

"埃金，我觉得是个女孩。"

对于一个认为自己在山上怀了孕的叶吉德，我一点准备都没有，根本不知道该对她说什么。我边吃早餐，边仔细观察她，听她说话。等最后一块炸山药下肚之后，很显然，她不只是以为自己在那座该死的山上怀了孕。她对此深信不疑。

我把托盘放到床头柜上，将叶吉德拉过来。"听着，"我说，"你需要休息，多睡一会儿。"

"你不相信我？"

"我没这么说。"

她扭动身子，挣开我的怀抱："你也没说你相信我。你只是一直在吃。你甚至都不兴奋，不开心。你还没说恭喜，你已经喝完咖啡，所以不是你说的那样。"

她要我恭喜她。因为她在山上怀了孕。

"埃金，"她抓住我的手，指甲掐进我的掌心，"你相信我吗？告诉我，你相信我吗？"

"不会发生这样的事。你不能再跟妈咪去那些地方。我之前就告诉过你，那些人都是骗子，全是骗子。"

她放开我的手："你母亲没同我一起去。"

"什么？所以是你自己一个人去找那些骗子了？"

"你必须相信。"她皱起眉,摇着头,"有时候我为你感到难过。"

"什么?"

"你什么都不相信。"

"这都怎么了?就因为我不相信一个身披绿袍、手挥魔棒来让你怀孕的男人?"

她叹了一口气:"他没有使用魔棒,我带着——无所谓了,你只会觉得诡异。"

"我已经认为这很诡异了。你带着什么?天啊,真不敢相信我们有这样的对话。"

"没关系。"她笑着说,将手放在肚子上,"你知道吗?我马上要去医院做检查,然后你也会相信在那座山上发生了特别的事。我真的认为我可能怀孕了。"

"老天爷。"我觉得自己像在跟陌生人讲话,"叶吉德,让我说清楚。你在那个山上不会怀孕。如果你上山的时候没有怀孕,那么你下山的时候也不会怀孕。"我把手放在她的膝盖上,"你明白吗?"

"埃金,九个月后,你就会知道他们并非骗子。"她抬起我的下巴,亲了一下我的鼻子,"你会看到的。现在让我们谈点别的。"

亲鼻子的动作起了作用,我看清楚了这个事实:在她失去理智前,我必须做点什么。

那个星期天早上的某一刻,我下定决心,是时候让她怀孕了。一劳永逸地结束所有这些拜访祭司先知的疯狂行为。可首先,我必须等她做好准备。

"下个周末我要去趟拉各斯市。"我说。

"你去拉各斯市要干什么?"

"我要去见多顿,谈些投资。"

"多顿和投资?对你这个弟弟,一定要小心,有时候我认为他就是个彻头彻尾的麻烦。"

对于怀孕,她是错误的,可对于多顿,她是正确的。

8

拜访那座山一周后,我的经期到了。月经没来。到了月底,我的胸脯一碰就疼,连戴胸罩都会让我兴奋。每天早上七点,我会呕吐,就像上了闹钟似的。

我确定自己怀孕了,我相信我的身体正在告诉我的事很快就会通过检查得到确认。虽然我知道无论如何,在采取任何一种真正的庆祝方式前,必须先做检查,但是,一想到只要医生确认我已经怀孕,一切就会变得极其美妙,我就感到兴奋不已。我没跟埃金谈我身体正在发生的变化,因为我不想他戳破我的希望。我们没再真正跟对方交谈。大多数的夜晚,他都在给芬米租的公寓里过夜。有些晚上,我整夜都会通过浴室的镜子从不同角度查看自己的肚子。

"你在干吗?"埃金问。这是在我怀孕几周之后,他并没有进入浴室。

"你妻子怎么样了?"我一边把上衣拉下来,一边说。

他走近我,掀起我的上衣:"你出什么问题了?"

我猛地将上衣拽下:"为什么一定是我出问题了呢?"

"我只是担心。为什么你——"

"我告诉过你,我怀孕了。"

埃金往后退了一步,仿佛我击中了他的下巴。他盯着我,就好像我的鼻梁上长了个角。然后他笑了一声。这短促的笑声在我梦里萦绕不去。

"你跟别的男人……"笑声消失,他的喉咙里吐出一个咕哝的声音,"……上床了?"

"我不明白你在说什么。"

埃金的喉结剧烈地上下滚动,仿佛马上就要撑破皮肤,血将溅满浴室地板的白色瓷砖。

"我们都清楚你不可能怀孕。我好几个月没碰你了。除非你……你……"他的嘴巴张着,可却吐不出话来。

我走出浴室,在他追上我之前,奔下楼,跑出屋子。我需要夜晚清新的空气来清醒一下头脑,空中的明月来重整我的信念。

第二天早上,当我和埃金打招呼时,他没做出回应。当他搅动咖啡里的糖时,手在颤抖。

"今天我开始做产前准备。"我说。

他正把咖啡杯举向嘴唇。杯子落在桌上,棕色的液体将白桌布浸湿了。

"你怎能背着我出轨呢,叶吉德?"

"我不明白你在说什么。"我说着,咬了一口吐司。

他笑了:"这么说,这是个无玷始胎①?我们该怎么称呼这个孩子呢?撒旦宝宝?恶魔何时会出现在我梦中告知我?"

---

① 无玷始胎,语出自"圣母无玷始胎",1854年12月8日,教宗庇护九世颁布钦定圣母始孕无玷信道的通谕,即童贞圣母马利亚从她在母胎受孕的最初一刹那起,灵魂上已有天主的宠爱。

我将吐司甩到盘子上:"所以现在你可以说话了?你可以一吐为快了?谁娶了别的女人?在这个房子里,谁娶了别的女人?告诉我!现在告诉我!这该死的出轨算什么?"

他用拇指沿着棕色的咖啡污渍滑动:"这事,我们已经谈过了,我们已经解决了。"

我那么愤怒,几乎无法呼吸。我站起身,倾身跨过桌面,将脸抵到他面前:"现在好了。其他事也解决了。我想要个宝宝,既然你在新妻子那里过于繁忙,没法努力让我怀孕,我可以从任何一个我想要的男人那里弄个孩子。"

他站起来,抓住我的上臂。他前额的血管突突直跳。"你不可以。"他说。

我笑了:"我可以做自己想做的任何事情。"

他的指甲穿透我的衬衣袖子,掐进我的胳膊:"叶吉德,你不可以。"

我摇头:"但是我可以。我可以。我可以。"

他摇动我的身体,直到我的脑袋摆来摆去,牙关"咯咯"作响。然后他猛地放开我。我跌坐到椅子上,抓住桌子保持平衡。

他从桌上抓起一个碟子,高高举起。在那可怕的瞬间,我看得出来他会把精美的瓷碟砸到我头上。他将碟子扔到房子的另一边,然后一把将台布从餐桌上扯掉。盘子、杯子、碟子和热水瓶纷纷掉到地上。

我丈夫不是一个暴力的人,此刻,这个将餐椅举起,不停砸到餐桌上,直到椅子破掉的男人,不是我认识的人。

卫斯理公会医院满是消毒水的味道。强力清洁化学剂的气味让我两度冲出产前保健教室呕吐。我从未想过呕吐会让我如此幸福。然而，我对着自己往排水沟吐的脏东西咧嘴笑，还想叫路人过来看一眼。我觉得自己没法把食物压下去，觉得自己对触碰会特别敏感，还觉得自己周身不舒服，这些都是成为母亲的必经仪式，引领我拥有我一直渴望的头衔。我终于成为一个母亲。

护士对我们身体发生的变化做出解释。她教我们唱一首关于哺乳的歌曲，讨论饮食和锻炼的事宜。

下课之后，护士来到我跟前："夫人，恭喜！身体怎么样？"

"谢谢你啊，女士。你知道现在怎么着，"我咯咯笑着说，"我不停地把吃进去的所有东西吐出来，我吃得不多。从上个星期开始，我只吃菠萝和青豆，亲爱的姐妹，想象一下这个组合。菠萝配棕榈油泡青豆！我试了又试，想吃点别的东西，但做不到，其他东西根本没法留在我的胃里。"

"对了，就是这个样子。事实上，我怀最后一个宝宝的时候，只能吃伊巴，不能炖，不能和其他蔬菜同吃，什么都不能吃，只吃伊巴。如果我尝试其他食物，就会从鼻子直接喷出来。"

我们笑了。

"然后还有睡眠。我只能侧身睡，"我说，"每次不得不翻身的时候就醒了。"

护士盯着我的肚子："你的肚子还不是那么大呀。"她皱起眉头，"这个阶段你不应该有睡眠问题。我希望没——"

"我没出任何问题——一切都很正常。"

"哦,这种情况多久了?不舒服的感觉,多久了?"

"护士阿姨,你干吗这么担心?我说了,一切正常。可能只是我自己的原因。"

"啊哈,你看,你叫我护士阿姨。你不认识我了吗?我总到你的沙龙店做头发,两周一次。"

"哦。是的,是的。"我边说边努力回想,却始终想不起她的脸。

"现在你想起来了?"她问。

我笑着点点头。"当然。"我说,但依然没法记起她的脸。

"恭喜啊,亲爱的姐妹。那些男人,他们不懂,可感谢上帝,你所有的敌人都蒙羞了。每次他们都责备女人,但有时候是他们自己的身体出了问题。"她紧紧拥抱我,仿佛我们是某场心照不宣球赛中的队友,而我刚在比赛中打入了制胜金球绝杀对手。

*

当我从医院回去的时候,芬米正在沙龙外等着我。自她上次来访之后,我给美发师们下过严令:永远不让她迈进沙龙。可那个下午,看到她,我很开心。那天,如果看到所有继母在沙龙外一字排开,我会更开心。产前保健课让我心中对世间万物充满了无条件的爱。

"进来吧,亲爱的。"我说。

我刚给她递上可乐时,她没喝,直到我啜了一口,向她保证里面没有下毒。

她说:"我是来恳求您的。"

可她紧咬的牙关告诉我,她想要干架,而不是恳求。

"今天早上我们的丈夫因为您与我吵架。他说因为您,他不会再来看我。请让他来吧,我为您努力过。我的位置本该在屋里,而我却努力留在外面。求求您了。"她说这话时,压低声音,给人一种印象:她不想让任何人听到她的话,但她的音量足以让美发师和顾客们听到,她们不似平常,都停了嘴听着。那一刻,我就知道她是个危险的女人,芬米就是那种女人:她会喊你女巫,这样你就会往死里打她,结果你被投入监狱。

我心情很好。那天下午,我可以将店里所有东西送人。我终于怀孕了。我参加了产前保健集会,产前保健科的人对我呵护有加:她们让我吃水果,让我休息,让我做练习。其他一切事情都无所谓了。上帝对我如此慷慨,我没理由把丈夫私藏起来。反正,与完全属于我的孩子相比,丈夫算什么呢?男人可以妻妾成群,而孩子唯有一位母亲。

"我会跟他谈这事。这个周末前,你会看到他。"我说。

芬米的嘴顿时张开了,我姑且假设那是惊讶。

她本是来干架的,本是来跟大家一遍遍分享她的故事,从而证明我是恶魔,现在她没了弹药,得走了。她掩饰住自己的失望,站起身道别。正当她要踏出店门时,我说话了:"亲爱的,我想让你成为最早知晓这事的人之一,今天我开始做产前保健。上帝做到了。"

她猛地转过身,死死盯着我。我在她眼中看到:她意识到现在我是她的威胁,而不是反过来。她捂住前额,没法装出高兴的样子,走掉了。

美发师们疯了,她们跟我拥抱,欢声唱响赞歌。甚至连顾客也加了进来。我是个奇迹,为世间像我一样的好女人洗脱冤屈。我一直坐着,确信自己长得更高了,确信若我站起身,脑袋会顶到天花板。

正如我预想的那样,我怀孕的消息快速传播开来。那天晚上芬米陪着婆婆登门拜访。很显然,既然现在我在埃金生命中的筹码得到了加强，她只有竭力扮演好一个小老婆的角色。当我回到家的时候，她们正在门廊处等着。

我笑着走进妈咪的怀抱，在她一遍又一遍询问"是真的吗？是真的吗？"时，不住地点头。

芬米笑得那么灿烂，一看到她，我就腮帮子疼。

等我们一进到屋，妈咪就在靠垫椅上坐下来，同时嘴里说着："你必须给我们来对双胞胎。两个胖小子，胖小子宝宝。那就是你要给我们的。"

"就和我想的一样，我准备一次给您六个男孩。"我说。

"让我们慢慢来——先来两个男孩，一开始就给我两个。之后，你想弄什么奇迹，我都随你。"

"您吃点什么？"我问。

妈咪摇摇头："今天不了。这消息足以让我好几天不觉得饿。另外，我根本不想让你在没必要的情况下走上走下。一定要保证你好好休息，别弯腰扫地，别拿重东西，甚至是食物，请不要再捣山药了。也许这个时候，你该在那些帮助打理屋子的女孩里找一个来帮助你。"

"我真的不需要帮手，"我说，"我认为我可以——"

"我来帮忙。"芬米插进来。

"什么？"我说。

"您无须支付帮工的费用。若我搬进来住在这儿，就能帮助打理屋子，怎么样？"她笑着说，"这段时间您该好好休息。"

"这是真的。"妈咪说，"事实上，我认为这就是你该做的。"

"只要您觉得没问题，家母。"芬米向我倾身过来，"您介意吗？"

我又被愚弄了。不知为何，我还是蠢到认为她们俩会毫无准备就登堂入室。是的，怀孕让我变得慷慨，慷慨到可以在我的沙龙里跟芬米说说笑笑，可我没打算允许她搬进我家。这点智慧我还是有的，我知道如果让她假借帮我的名义搬进来，那么她永远不会离开。

但我想不出对芬米说"不"的办法。至少，无论我怎么说，妈咪都会认为我不尊重她。不管如何，我想让埃金的家人爱我。我不想让我的孩子像我一样活在这样的阴影下：自己的母亲被他人怨恨。万一我死了，我想用爱的名义逼迫留下来的人照顾我的孩子。我即将成为母亲。赌注越来越大，我必须冷静和善，或者至少表现出这个样子。我尚未出世的孩子有赖于此。

所以，虽然我内心煎熬，但却面带笑容，说我会问一下埃金。妈咪满意地笑了，芬米怀着胜利的期许笑了。我的笑容有点僵硬，我迫不及待地等待她们离开，这样我就能扯下它。我们三人脸上全都挂着完美的笑容，构成了一幅非常漂亮的画面。

9

超声波检查仅仅是开端。仪器显示我的子宫里没有孩子。

乌什大夫是第一位给我做超声波检查的医生。她那双小眼睛仿佛浸在一潭拒绝滑落的泪水中。当她道出那个消息时,眼中那汪水泽闪闪发光。

"阿加衣太太,没有宝宝。"

"你第一次说的话我听到了,第二次说的也听到了。"我说。

她用闪着微光的双眸不停地觑视我,仿佛期待我做些什么。大哭?尖叫?跳上她的桌子,开始跳舞?

她从座椅上倾身向前:"你怀孕多久了?"

"我记得你刚刚说没有宝宝。"

乌什大夫露出一个谨慎的微笑。我之前见过这种微笑,在我父亲脸上。那是一种不易觉察的笑意,看起来他的嘴巴随时准备迸发出大声的呼救。这是他特别留给第三任妻子的笑容,他的这位妻子曾经赤身裸体走进市场,还经常与空气交谈。

"我能拿结果吗?"我说。

"我想跟你谈谈这次怀孕的事。"她说。

显然,她认为我正在失去理智。

"你听说过完美之作发廊吗?"我问。

她点点头。

"你知道资本银行吗?"

"是的,我在那儿有账户。"

"我就是完美之作的老板,我丈夫是资本银行的经理。我从伊费大学获得第一个学位。我并非什么街上的疯女人。你刚刚说没有宝宝,为什么又要跟我谈怀孕的事呢?"

乌什大夫用手掌抵住前额:"夫人,如果我的话听起来有种居高临下的感觉,我很抱歉。我只是担心你的健康,心理健康。"

她说"心理健康"时的语调那么轻,仿佛害怕听到自己的话。我想知道她怀着何种心态。

"医生,我很好。就让我拿结果吧,外面还有很多病人等着呢。"

她将结果递给我。"这种情况时常发生,这种……怀孕状况。对于那些不能……无法生育的人来说。这种情况时常发生——出现怀孕症状,但是没有宝宝。我们一致认为你没怀孕,也许你可以就这个问题看一下妇科医生呢。从你的病历上,我能看到你此前做过很多检查,但也许我们可以再多做一些。"

"我会考虑的。"

我用手捂着微微鼓起的肚子走到走廊上,丝毫没因埃金和医生的怀疑而感到畏惧。我觉得自己像个气球,里面充满希望,并孕育着一个奇迹宝宝。我已经准备好升入卫斯理公会医院病房上空。

当我告诉埃金，在我怀孕的这段时间里，芬米要来跟我们住，他笑了起来。当时，我们正准备上床。我已穿上白睡衣，他还在脱工作服。

"那个女孩？不管怎么说……什么怀孕？医院确诊了？"他猛地用力抽了一下皮带，皮带像鞭子一样"啪"地打到床上。

"我见的医生不知道自己在干吗，她需要眼镜。我告诉你啊，她居然说看不到我的宝宝，嗯？宝宝已经开始踢我。"

"踢你？"

"是的，就是现在。你在对我摇头吗？好好摇吧，摇到你的脑袋掉下来，你一定会看到的。"我爬上床，"当我把宝宝抱在怀里，你们就会羞愧难当，你们所有这些认为我没有孩子的人，甚至那个愚蠢的医生也会无地自容。"

"你听起来疯了，你知道吗？"

"你在说什么？"我双手环抱肚子，等着他回答。

他将衣物全部脱光，只剩短裤，在我身边躺下："叶吉德，请把灯光调暗。"

"你刚才说的话是什么意思？"

他翻身趴在床上，把脸转过去，不看我。

"埃金耶勒？我……我听起来疯了？"

"你没怀孕，芬米不会来跟我们住。现在我能睡觉了吗？"他把被子拉起来盖住脑袋。

他的话悄悄地在房间里爬行，不知不觉黏到我身上，就像兵蚁似的。破晓时分，当我起来小便的时候，这可能是那天晚上我的第十次起夜，这些话毫无征兆地开始噬咬我。我坐在床上，从几乎空了的瓶子里啜了一口水,现在我总在床头柜上放个水瓶。他的话开始在我脑海里回放,触发疑问。

现在我已有约四个月身孕,肚子日益增大,然而丈夫却选择相信一个无能的医生。他不停地跟我说:你听起来疯了。难道他瞎了吗?难道他看不到我的肚子吗?难道他看不到我浮肿起来的脸吗?甚至连陌生人都能看到。不管我走到哪儿,人们都会向我问好:愿你分娩时,母子平安。陌生人会给我美好的祝福。他们祝愿我平安分娩,孩子顺利降生。在银行,我无须再排队,队伍里的人会让我走到队伍的前面。难道埃金认为我是一个在大街上把人拦下,告诉他们我怀有身孕的疯女人吗?自我们结婚以来,我此前从未告诉过他我怀孕了,为什么现在他觉得相信我这么难呢?

我躺回床上,双手放在肚子上。我能感觉到脑子里的紧张感,这是头疼开始的症状。埃金在我身边翻来覆去。他在梦中伸展腰身。我盯着他光洁的下巴,攥紧拳头,克制住一拳打过去的冲动。当他睁开眼的时候,我还在盯着他。

他用手背擦了擦眼睛:"你没睡吗?"

"你为什么这么恨我?"

他挠了挠脖子:"你又开始了。睡会儿吧,叶吉德。"

"如果我去检查,结果显示我怀孕了,你会相信吗?"在朦胧的晨曦中,我努力去解读他的神色,但是我读不出来。

"叶吉德,你需要休息。现在讨论这事太早了。"

*

我将厨房旁边的空房间改造成了游戏室。我创造了一个我和孩子可以待在一起的特别空间,一个只属于我们俩的空间。游戏室原本并不在我的计划内,我改它是因为埃金不再跟我说话。晚上他也不再去探望芬米。相反地,他就定定地坐在客厅里,看晚间新闻,读报纸,可大多数时间不会跟我说话,哪怕我就坐在他身边。我问他问题,他就咕哝一下作为回应,我羞辱他,他就沉默不语。

我放弃激怒埃金的企图,也不想去说服他开口说话,只是在那个空房间里待着,不留在客厅里。我在房间地板上摆放我为宝宝购买的玩具。我搬进一把靠垫椅,带上自己的报纸,这样,当我等待厨房定时器响的时候,能读点东西。在这个房间里,在一堆玩具熊和色彩鲜艳的拨浪鼓中间,我读到了关于被指控策划政变的军官的新闻。我注意到其中两位的情况。一位是克里斯蒂安·奥切上校。在被总司令部传唤回来之前,他是美国乔治城大学的博士生。我一直在想,若他没有被传唤,留在美国完成博士论文,那么他的生活轨迹会是什么样?他也许会在某张美国报纸的右下角读到这些事件。我还在想,当他登上回拉各斯市的飞机时,是否会感觉到一种令人无力的悲伤,他对这份悲伤置之不理,直至它被归家的兴奋感所取代。

然后,另一位是马曼·维特萨少将,整个国家都为他的命运牵肠挂肚。这位将军是现任部长,还是位获奖诗人,同时还是元首的密友。维特萨和巴班吉达是发小,又是初中同班同学,同一天应征入伍,在内战时统领番号相连的营队。在维特萨的婚礼上,巴班吉达被邀请做伴郎。

那时,我待得最多的地方就是游戏室,可读到维特萨、奥切以及其他十一位军官被判处死刑消息的那天,我和埃金一起坐在客厅,想跟他聊聊这些事。可他老把话题引到我凸起的肚子上,于是我退回游戏室，不去费心询问他是否认为沃莱·索因卡①、钦努阿·阿契贝②和约翰·佩柏·克拉克③与巴班吉达的会面，会不会有所帮助。在我看来，作家们呼吁宽大处理的请求合情合理，毕竟这甚至不算真正的政变行动：这些人因他们的政变企图而被审判。第二天，当我得知十位军官，包括维特萨和奥切在内，已经被处决的消息，我哭了。维特萨直到最后仍然坚称自己是无辜的，可要到多年之后，其他军官才对用来指证他的证据提出质疑。彼时，尼日利亚与巴班吉达的关系仍处于蜜月期，正如大多数的新娘一样，尼方并未尝试提出质疑。

虽然国防部部长宣布处决命令的时候，我没进客厅，可我从游戏室能听到他的声音，因为埃金把收音机音量调高了。我想去找他，哪怕不说话，只是坐在他身边，感受他抓紧我的手臂也好。可我害怕他会默不作声地盯着我的肚子，脸上带着一种男人看到呕吐物的表情。

埃金冷冰冰的沉默最终化为暖洋洋的轻声细语。有好几次，他甚至到游戏室来。他说的话占据着房间里太多的空间，让我觉得难以呼吸。自从我告诉他我怀孕以来，他绝口不提孩子，可当他进入游戏室来看我的时候，他想跟我谈的唯有这个。他想跟我讲道理，只是他用问题来表达他的宣教，而我很快便不再回答他的问题。他问了我好几次，我是不是认为自己的宝宝会拯救世界。他问我是不是看到了孩子的画面。他让我描述我看到的天使，但我告诉他我生命中从未见过天使。之后有天晚上，他问我是不是认为宝宝有超级能力，我下定决心，我受够了。第二天早上，我去了沙龙，告诉店里的女孩我第二天才会回来，然后开车去伊费大学的附属医院。

---

①沃莱·索因卡（1934年7月13日— ），尼日利亚剧作家、诗人、小说家、评论家。他一生写了三十多部作品，绝大多数讽刺非洲的社会文化风气和社会弊端。1986年获诺贝尔文学奖，成为第一位获此殊荣的非洲作家。
②钦努阿·阿契贝（1930年11月16日—2013年3月21日），尼日利亚著名小说家、诗人和评论家，被誉为"非洲现代文学之父"。
③约翰·佩柏·克拉克（1935年4月6日— ），尼日利亚著名诗人、剧作家。

我到的时候,医院没有电。医生跟我约好时间后,护士通知我下午两点以前发电机不会工作,因为前面还有人排队,所以我也许要到下午三点才能看到医生。现在只是上午十一点。我决定到集市去给沙龙添置些东西。我买了店里常用的润肤乳和洗发液,然后走进一家礼品店,买了个木质花瓶,摆在游戏室应该会很好看。

当我觉得有只手抓住我的手腕时,我正从集市往外走。我转过身,发现自己和父亲的四老婆腾德妈四目相对。自从父亲的葬礼之后,我就再也没见过她。

"叶吉德,真是你啊?我早就看到你了,我跟自己说,不会吧,不可能是叶吉德,叶吉德不可能到集市来而不拜访我的货摊。难道世界就是这样了?现在的孩子来到集市,都不去母亲的货摊前晃一下?"腾德妈说。

"下午好,腾德妈。"我实在忍不住想要提醒她:她是腾德的妈咪,而非我的母亲。"生意怎么样?"我问。

"我们正在祈求上帝赐我们一个好集市日。还有,我们感恩上帝,因为我们不会挨饿。"

腾德妈嫁给父亲后的头几个月里,在我们家后面的小棚里售卖水果。她怀孕的时候,父亲让她搬到集市的货摊,那是父亲为玛莎妈搭建的,父亲让她俩共享这个货摊,因为一个怀孕的女人应该有足够的遮阴和空间来做生意。父亲许诺玛莎妈,他会在集市其他地方为她再建一个货摊。我不知道她怎么做的,可到了年末,腾德妈接管了货摊,而玛莎妈则到我们家后面的小棚里售卖她的东西。父亲再也没为玛莎妈弄另一个货摊。

"请代我向家里的每个人问好,"我说,"我要走了。"

"等等,等等,让我和你一起分享快乐,我看得出来,现在你是两个人了？你怀孕了！"

"感谢上帝。"

"你妈咪在天堂里没睡着哦，她在为你祈祷。虽然她没有家世血统，或者说，至少我们不知道她的家世血统，然而，很显然，她是个好妈咪。"她不痛击我一顿不可能放我走。据父亲所言，母亲本属于游牧的富兰尼部落，她怀孕时拒绝随自己的族人一起旅行。可继母们到死都会叫她"家世血统不明"的女人。

"我真的必须走了。"

"记着隔段时间就来看看我们，偶尔让我们看看你的脸。毕竟那还是你父亲的家。"

每次父亲迎娶新妻子，他都会告诉孩子们：家人就是如果你被绑架，有人会来找你。然后他又补充一句，他正在全力创建一支军队，就是为了防范我们其中一个真的遭受绑架。这是一个糟糕的笑话，而我是唯一曾经为此笑过的孩子。他所有的笑话都能让我发笑。我想他相信自己有个和谐大家庭的"神话"。他或许认为自己死后我还会来看望继母们。

"腾德妈，再见。"

"再见哦。代我问候你丈夫。"

忽然之间，我提着的聚乙烯袋子仿佛变重了。当我登上公共汽车，售票员把袋子从我手上拿走时，我心存感激。为了避免车子的老引擎承受不必要的压力，我将它留在了医院。我努力不再去想孤独的童年，而是隔着衣服抚摸肚子，心里感到很舒服。我无须害怕。哪怕最终芬米把埃金从我手里夺去，我很快就会拥有某个完全属于我的人，我自己的家人。

我正好赶上预约的时间。

扫描完我的肚子后，朱奈德大夫清了清嗓子："你怀孕多长时间了？"

"现在大约是六个月。"

"你上次检查是什么时候？"他面前放着病历，边问边在上面写着些什么。

"三个月的时候，那是三个月以前。我碰到一位年轻医生，也许那就是她弄错的原因——缺乏经验。"

他停下笔，看着我："嗯，你认为她弄错了？"

"这也是我到这里来确认的原因。她说里面没有宝宝。"我拍了拍凸起的肚子，"你能看得出来，我确定这不是夸希奥科病①。"

我笑起来。朱奈德大夫没有笑。

"你有没有看过生育专家？你有没有看过，在你，嗯，在你开始认为自己怀孕之前？你有没有做过任何检查？"

"做过，当然做过。我在伊莱沙市看过的。我做了所有的检查。他们说我很好。"

"你丈夫呢？他看过专家吗？"

"是的，看过。"

有一次，我们一同到医院。埃金对医生提出的大部分问题进行了回答。当医生问到我们的夫妻生活时，在给出答案前，埃金抓住我的手，然后一边摸着我的拇指，一边说："我们很正常，完全正常。"

朱奈德大夫将一直在写的病历合上，然后倾身向前："那么你丈夫，他做过检查吗？他们有没有给他做检查，而且——"

"有的，他做过检查。"我说，"听着，大夫，我的宝宝怎么样？"

---

① 夸希奥科病，别名恶性营养不良，是因食物中蛋白质严重缺乏引起的一种综合征，多见于断乳期的婴幼儿，尤其是在非洲和亚洲地区，患者会有腹胀的现象。

"夫人,"他用手指敲着桌子,"你肚子里没有宝宝。"

我拍了三下手,大笑起来:"大夫,你瞎了吗?我不想冒犯你,但是你看不到吗?"

"请让我解释,有时候会发生这样的事情。女人认为自己怀孕了,可并不是。"

"你说给自己听吧。我不是认为自己怀孕了,而是确信自己怀孕了。我已经六个月没来月经了。看看我的肚子,我甚至能感觉到孩子在踢我!我不是认为自己怀孕,大夫。我的的确确是怀孕了。你看不到吗?我怀孕了。"

"夫人,请冷静下来。"

"我要走了。我都不知道到底是你用的机器有问题,还是你的脑子有问题。"

我离开房间的时候,狠狠地摔上了门。

*

孕期接近十一个月时,我决定再次拜访奇迹山。我去的那天,埃金在拉各斯市开会,和同事一起坐银行的公车去的。我开着他的车来到山脚下的开阔地。我抵达时,那里只有一辆车,杏仁树荫里停着一辆沃尔沃。我认得阿德鲁太太的车牌。

当我开始爬山时,到处都静悄悄的。我花了两个小时才爬到山顶,因为我不时要坐在石头上,从随身带的杯子里喝口水。骄阳无情地灼烤着。如雨的汗水从后背一直流进臀沟,我前前后后拉扯衣领,好让我的肌肤透透气。

我四处走了走,最后发现一块木板,有人在上面潦草地写下:约西亚先知远游。请下月来求你的奇迹。约西亚先知可惜了,我拍着口袋里的一沓奈拉①,想给他点钱。我第一次来的时候他没有要任何钱财,我想着送他件礼物应该不会有问题。此时,瓶里的水没了,我很渴,觉得快要晕倒了。我都怕自己会倒下,滚下山去。我在山顶转了转,希望能找到一瓶被遗忘的水,祈祷我不会因找到的水而染上霍乱。就在这时,我发现了那个棚子:由四根木柱围成一个粗糙的矩形,顶部盖着棕榈叶。

　　棚子里,约西亚先知和阿德鲁太太正在苟合。我能看到她的脸,她双眼紧闭,满脸陶醉。先知那顶突兀的圆顶高帽快要掉下来了;他的长袍撩到腰际,露出臀部。他光秃秃的大腿皮包骨似的。

*

　　在他俩发现之前,我慌忙离开了。接下来的两个月里,我一直待在家里,等待孩子的降临。我不再去沙龙,当美发师总管晚上来交账的时候,我让埃金接待她。我不做饭,不做家务。埃金从城里的餐厅打包食物,同我一起坐在游戏室里,确保我吃点东西。他还带来报纸,但我没读。一天早上,我告诉他我正在存储力量,这样宝宝降临的时候,我就能有足够的力气生产。他没跟我说没有宝宝,也没问我孕期已经超过十个月,我为何还没生产。他只是轻吻我的下颚,然后离家上班,但那天晚上当他回来的时候,他解释说,如果想有足够的力气来生宝宝,我需要积极起来。他没有提到精神科医生,听起来也不像是在调侃或嘲弄疯子。我一直希望他用这种方式来跟我说话,像个准爸爸。我采纳了他的建议,第二天回去上班。

---
① 奈拉,尼日利亚的货币。

星期六下午,我打开家门,发现芬米站在门外,周围放着几个盒子和袋子。将她放下的出租车开走时卷起一阵灰尘。

"让开,让我进去。"她说。

当她冲进门时,我像个门卫似的站在门边上。我望着她将袋子一个个拽进屋子,乱七八糟地扔到客厅。她身穿一件海军蓝的布布装①,还搭配了同色的头巾,她将头巾像发带般扎在辫子上。阳光从敞开的门口铺洒进来,她明亮的肌肤在阳光下散发着光芒。

搬完袋子后,她问道:"我的房间在哪里?"

"在这个房子里?你在做梦吗?"

"你这个女人——我受够你了。别想再跟我胡扯。这也是我丈夫的房子。为什么你一定要将我拒之门外?"她摘下头巾,系在手腕上,"为什么?你这个邪恶的女人,我要你挪挪位置,这样我们就能都坐下来。如果你不小心点,我会将你从椅子上推下去。"

"你看,娶你的人不是我。你所谓的丈夫不在里面。等他回来的时候,你可以问他这些愚蠢的问题。"我指着门说,"现在,从我的房子里滚出去。"

"你知道吗?我只能看到你的嘴巴在动,却听不到一个字。让我告诉你,只有一件事可以让我从这所房子里滚出去,一件事!"

"我说,滚出去!"我每说一个字就拍一下大腿。

"唯一能让我安静离开的方法就是撩起你的上衣,让我看看你的肚子。现在,你怀孕已经超过一年。让我看看那里有什么,因为城里流言四起,说你衣服下挺着的是个葫芦——是的,你暴露了。"她笑

---

①布布装,非洲的一种传统服饰,男女皆可穿。

起来,"但是你可以证明他们是错的,证明那些恶人是错的。让我亲眼看看你的肚子,我立刻就走。我向上帝发誓。"

我一只手捏住下巴,另一只手抱着凸起的肚子。

"你不打算说点什么吗?"

我能说什么呢?我的孕事是真的?我的月经还没来,假如我撩起上衣,打开裹布,不会有葫芦滚到地上,不会有枕头落到脚下。她会看到我紧绷凸起的肚子,以及皮肤上一道道交错的斑痕。我可以说我的孕事不是真的,一次次的超声波检查表明那里什么都没有,哪怕每个晚上宝宝都会把我踢醒。我的一些美发师认为我疯了,我上次看的医生建议我去看心理医生。

这些事情我都没法说,就剩一件可说的事,一件她没想到我会说的事。我关上门,转身面对她:"跟我来。让我带你去看你的房间。"

我领着她去了游戏室。

我并不蠢。我明白,早晚有一天,妈咪会出现,确保芬米开始住在这栋房子里。如果我跟芬米打起来,只会让事情变得更糟。妈咪会让我离开,尽管埃金不停地跟我说他爱我,但我不再相信他。可我想要相信他。我没有爸爸,没有妈咪,也没有兄弟姐妹。如果我失踪了,埃金是世上唯一会真正注意到这事的人。

这些日子里,我告诉自己:这就是为何我要委屈自己去容忍每一次变本加厉的羞辱,这样,当我失踪的时候,会有人来寻我。

Part 2

取名仪式堪称狂欢节日。
奥莱蜜德是星期六出生的,
那是一周里最便利的日子。
取名仪式在她出生后的第七天举行,
不会与工作日或礼拜日冲突,
好几百人参加了仪式。

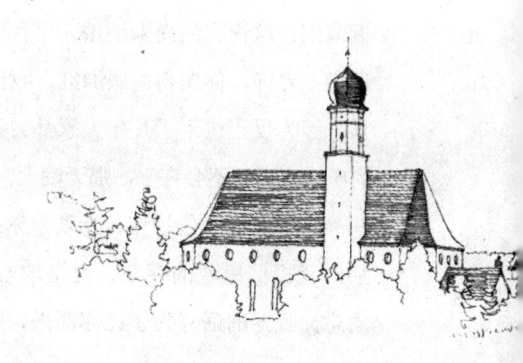

10

2008年12月 伊莱沙市

　　我在给父亲挖坟。因为妹夫在许诺做这事时高估了自己的能力，因此我干的比本该干的要多。作为父亲的长子，原本我只应从坟墓里铲出第一抔土和最后一抔土，好好保存起来。其他的工作该由父亲的女婿来做，或雇其他人来做。我以为亨利会雇用劳工来干这事，因为现在大多数人都会这样做。

　　叶吉德，你一定记得好多年前我是怎样告诉你的：这个传统很快就会消亡。那是你父亲去世之后。在你们家为葬礼做安排时，你告诉他们，尽管我们尚未结婚，可我应该参与挖坟的工作。当然你的继母们不允许。你哭得两眼通红。我试着去安慰你，告诉你这真的没关系，因为反正过不了几年大家都会雇用劳工来挖坟。我不知道你有没有听进去，会不会在乎。那天晚上，你哭着睡着了。

　　那时我没法告诉你，无须为你父亲挖坟，确实让我大松一口气。那时我相信鬼魂的存在，对墓地心有余悸。然而，倘若你的继母们同意让我挖的话，为了让你高兴，我是会照做的。你一定要知道，不管现在你怎么看我，但是，为了让你快乐，我几乎可以做任何事。如今，我确定世上没有鬼魂，因为如果有的话，它们已经追着我不放了。所以，我身在此地，地下约两英尺的地方，帮助亨利，这样，这工作才能及时完成，好让我们赶上守夜仪式。

亨利之所以做这事是为了向我母亲证明自己。因为他不是约鲁巴人，三年来我父母拒绝将自己唯一的宝贝女儿嫁给他。他们一直不松口，直至妹妹怀上亨利的孩子，这场争执才得以结束。然后这些信誓旦旦到死都不会把女儿嫁给他的人帮助亨利仓促选择婚礼的日子，这样就能在肚子显出来前完成。现在亨利说着流利的约鲁巴语，对于我们的传统习俗，知道得比我还多。我们就在这儿，在炙热的阳光下默默地辛苦劳作，因为亨利还在努力向我母亲证明他对她的女儿非常好。从此刻他的气喘吁吁中可以明显看出：当他声称要按"本该的方式"来做这件事情时，真的是夸大其词了。

烈日炎炎，感觉我后背宛如烤炉。每次我举起铲子，胳膊都会疼，但我还要继续。我下铲的时候，心里想着多顿，这是这么多年来我第一次思念他。若他在这儿，会打破这份静默，想方设法逗亨利和我发笑。今天上午，大约七点，他给我打来电话。他没说自己是谁，他不需要。当他说"埃金大哥，早上好"，我就听出了他的声音。他说他是在机场酒店给我打的电话，他收到了我寄给他的信，是关于葬礼安排的，中午将从拉各斯市出发赶往伊莱沙市，会及时赶上守夜仪式。十几年来我们的首次对话持续了不到一分钟。当我挂断电话，心中丝毫感受不到我以为自己会感到的愤怒，相反地，我忽然生出一种渴望，想赖在床上整天睡觉。多顿的来电让我自问：你会不会接受我的邀请前来？我很想知道守夜仪式的时候你会不会来，会不会坐在我身边吟唱赞美诗？

随着我们挖得越深,这块地变得越发坚硬。看起来不像墓穴,而只是地上的一个长坑。我清了清嗓子:"我想我们应该打电话叫人来完成这事。"

亨利笑了,靠着坑壁瘫倒在地,好像这天他一直在等着我说出这句话。"阿丽诺拉——"

我等着他说完这句话,可他什么都没说。我望着他蹙起的眉头,企图理解沉默背后的含义。"你不想让我告诉她我们半途而废?"

"我来挖墓,她非常感动。"

"好的,我们就告诉她墓是你挖的。"这是实情——虽然夸张了点,但仍是真的。另外,如果不夸张一点,如果不把更美好的自我展现为唯一存在的自我,爱还剩什么呢?

*

蒂米告诉我妈咪拒绝下楼来参加守夜仪式。正当我寻思其中缘由的时候,我脑子里忽然闪现出一个念头:母亲可能因为父亲的离世而伤心欲绝。我几乎笑出声来。我一步两级赶上楼时,心里知道肯定有别的什么事。我认为他们从来没有相爱过。他们的确彼此容忍,直到我和弟弟妹妹都长大成人。然后,妈咪不必再费心去容忍,而是将长期压抑的愤怒与怨怼宣泄出来。父亲并未反击,在应对完四个更年轻的妻子之后,这个可怜男人的精力已所剩无几。现在既然他已经不在了,我想妈咪会有些许伤心的感觉,其中夹杂着一丝胜利的快感——她比他活得长。我在楼梯顶左转,走进妈咪的会客厅。她卧室的门大敞着。她坐在床上,像其他寡妇一样身穿白衣,手臂交叉放在胸前。

"妈咪,蒂米说您不想下楼。为什么?"

她叹了一口气:"埃金耶勒。"

当她唤我全名的时候,从不是好兆头。我走到房间另一侧,坐到靠垫椅上,等她继续说。

"谎言哪怕持续了二十年,甚至一百年,却只需一天——"她抬起右手,用食指指着天花板,"只需一天真相就会打破谎言。埃金,今天真相就会找上你。今天就是这个日子,关于多顿,我知道你一直在对我撒谎——你不是告诉我今天早上他给你打电话了吗?你说现在他该到了。他在哪儿?埃金耶勒,我儿子在哪儿?"

我把手伸进裤兜,拿出手机,拨打早上多顿打来的电话号码,将耳机放到耳边。

您拨打的号码现在无法接通。请稍后再拨。

"看吧,妈咪,我刚给他打电话。无法接通。"

"你再也骗不了我。难道你认为如果你告诉我真相,我就会崩溃吗?哪怕真相会要我的命,我还没老到要死吧?"

"您要信我。"我厌倦了努力说服她我一直都没对她撒谎,我只盼着多顿今天出现,终结她的焦虑。

"尽管知道这一点会要我的命:你们兄弟俩永远无法化解那次的争吵,多顿至死也没有原谅你。"妈咪叹着气说,"虽然我本可跟你讲道理,但是不行,你们俩没告诉我你们为何打架。"

"再说一遍,早在他离开前,我们之间的问题就解决了。"

是多顿需要我的原谅,而不是反过来。可我确定他仍然认为我需要道歉。叶吉德,我已意识到我需要的是你的原谅。是否原谅多顿,或恳求他的宽恕,都成了次要的问题,因为我看到自父亲死后妈咪第一次流泪。这些泪水与父亲毫无关系——它们全是为多顿而流,为她心爱的儿子而流。

"你怎能告诉我我儿子还活着,他都没有归家看望自己的父亲,目睹父亲下葬?埃金,你在骗我,现在我确定你一直在欺骗我。"妈咪的声音颤抖着,但她没有大声啜泣,只是任由眼泪流淌。

"请擦掉泪水,妈咪。听着,让我们下楼吧,这样守夜仪式就可以开始。大家都已就座,快四点了,我确定仪式进行的过程中他会赶到的。"

"如果你不把多顿带进这个房间,我就不会参加守夜仪式。"她取下头巾,叠成方形,放到床头柜上。

"妈咪,您的伤心难过毫无道理。他很快就到了。"

她在床上躺下,翻身面对墙。

多顿迟迟不到,让我认为他还是那个跟家里谁都没说就一声不吭离开祖国的人;还是那种人:待到守夜仪式后才姗姗而来,没有任何歉疚之词,说个笑话,以为大家都会一笑置之。

"妈咪,请别再哭了,多顿没有死。"我看了一眼手表,过五分钟就到四点了,"妈咪,我希望您能听我的。若五点的时候,多顿还没到,我们就开始守夜仪式。"

"没有我在场吗?"

"我会让祭司推迟一小时。妈咪,我没法要求更多。"

"我不在场,祭司不会开始的。"

"快到五点的时候,我会让蒂米过来叫您。"我站起来,"别胡思乱想了,妈咪。"

我下了楼,回到搭好棚盖的前院。在穿过喧嚣的人群走向前排的过程中,我向大家鞠躬问好,一路上找寻叶吉德的脸庞。

来到前排,我和祭司说了几句,然后轻轻对继母们说,守夜仪式推迟到五点开始。她们纷纷发问为何妈咪还没下楼,我没回答,径直走向棚子背后。我要离开这份喧闹，给挖墓人打电话，确认父亲的安息地已准备就绪。

正当我踏出棚盖遮挡的地方时，一辆黄黑相间的拉各斯市出租车在棚子后面停下。我看到多顿坐在后座，他独自一个人。他从车上下来，抬头看过来，我们四目相对。他也秃顶了，这张脸仿若是我记忆中的那张脸的下垂版。

我双手插在裤兜里站着，望着他。他在出租车旁站了一会儿，然后往前迈步，向我走来。十几年来，我和弟弟第一次面对面。

我想做点什么，说点什么。他比我先行动，匍匐在红色的沙子上。当他站起身，说了两个字："大哥。"

我不知道是谁先伸出手，可这无关紧要，我们拥抱、大笑。我想我们眼中都含着泪水。

叶吉德，我希望你来的时候，我们之间也会这样。倘若你来的话。

11

自1987年起　伊莱沙市

有一天，我从拉各斯市出差回来，发现芬米坐在餐桌前，拿着叉子吃炒饭。我一进来，她就不吃了，笑着向我走来，用双臂环过我的脖子，亲吻我的下巴。她的呼吸有大蒜的味道。

"欢迎回来，我的丈夫。"她接过我的公文包，"旅途怎么样？"

"很好。"我说。我认为自己没理由心存警惕。我想她只是今天来拜访而已。

当芬米给我倒来一杯冷水，我问："叶吉德在楼上吗？"

芬米抿了抿嘴，叹了口气，将我拉进客厅："拉各斯市的交通必定像往常一样糟糕，对吗？"

"还好。"

我喝水时，我们默默地坐着。

芬米常常试着跟我聊天，可我们有个问题，除了我们已经结婚这个事实外，我们毫无共通之处。

"我是不是该给你拿点吃的？"芬米问。

"不，谢谢你。"

肯定有人让她深信：只要有机会，就喂我吃东西，这样就会改变我对她的感情。她一直不停地给我拿食物或饮品。

"离开拉各斯市前我在多顿那里吃过午餐了，我还不饿。"

"哦，好吧，晚点吃，好吗？"

我点点头，将空杯子放在凳子上，开始站起身。芬米的一只手搭在我的膝盖上。

"我有事求你。"她说。

"什么事？"

"亲爱的，我想让你今晚和我一起。"

"亲爱的"这词从她嘴里说出来听着总是很奇怪。她没把这词当真，我也没信以为真。可她不停地说，仿佛她认为重复这词就会让它成真。很多次我都想告诉她不要这样叫我，可这样做很残忍。

"芬米，你知道我只能在周末去你的公寓。"

"不，亲爱的，我现在住这儿。"

"你刚说什么？"

"我两天前搬进来的。大姐带我看了你的房间，她一点都不介意，事实上，她展开双臂欢迎我。"

我的本能反应是告诉芬米即刻打包自己的东西从这儿离开。我深知在同一个屋檐下我没法摆平叶吉德和芬米，压力太大了——肯定有事会出错。可我压住了这个本能反应，因为芬米已有了怀疑——若我叫她离开，她就会撕破嗓子，拼命把它们喊出来。我要等恰当的时机才能让她离开这栋房子。

"亲爱的，"芬米捧着我的下巴说，"你是不是为我没得到你的许可就搬进来而生我的气？"她跪下来，"别生我的气。"

"当然不是。没事的,请起来,完全没必要这样。"

她微微笑着,将头依在我的膝盖上。那时我就决定要小心寻找合适时机让她离开,不仅是离开这栋房子,还要离开我的生活。娶她是个可怕的错误。当她为我脱下鞋子时,我就知道必须尽快修正这个错误。

我确定一个完美的时机会出现在我面前,让我得以与芬米离婚,就像1981年那个完美的时机出现在我面前,让我得以与叶吉德结婚一样。那年,伊费大学的学生布科拉·埃洛昆达被谋杀。好多年之后,大学的抗议游行活动多少成了例行公事,由所谓的学生会的男生来执行,他们将新生赶出宿舍。然而,1981年的抗议很纯粹,目的是为布科拉·埃洛昆达讨回公道。当时,愤怒在学生的血液里奔腾着,他们心中有个信念:只要我们到了皇宫,只要我们的呐喊足够响亮,就会有人关注。在这份集体的愤慨和心照不宣的信念的推动下,抗议应运而生。

当时我正在追求叶吉德,为了能呼吸到她的气息,我每天下班之后都会开车到伊费市。从她令人着迷的话语中,我能感受到狂热的怒气。我从未见过她像那天的样子。她说话时,脖子上的血管凸起,我被这一幕深深迷住了。她口中说出的一切令我首肯心折,仿佛她完全看穿了我的心思。那种感觉新颖、奇特、令人兴奋:在这些时刻,她映照出我的心灵,映照出我渴望一个更美好国家的激情与梦想。我从未如此笃定:我已经找到自己的灵魂伴侣。我请了一天假,加入游行队伍,要求对谋杀展开彻底而透明的调查。

我和叶吉德唱着歌,肩并肩地走在游行队伍里。头顶上聚集的乌云也无法浇灭我们的热情。我们跟随人群向校门走去,我们甚至不觉得疲惫,甚至不觉得喘不上气。当我们迈出校门,进入城区,歌声变得愈加嘹亮。天下起雨来，我把它当作上苍的祝福、赞许的标志。当我被雨水淋透时，心中依然坚信：这场抗议会产生推动整个国家前进的结果。当我透过雨幕眨眼时，能看到这场起义——一开始在大学里，学生与教师拥上大街，要求变革，要求终结腐败，要求持续的电力供应，要求更好的道路。我能看得清清楚楚。虽然抗议队伍正往反方向挺进，但是我能想象它如洪水般一路席卷进入伊巴丹市，带着那座城市里的人们，和我们一起拥入拉各斯城，一路奔向政府官邸。在我看来，当我们放声高唱时，这种可能性就像滴落在唇上和嘴里的雨滴那般真切：

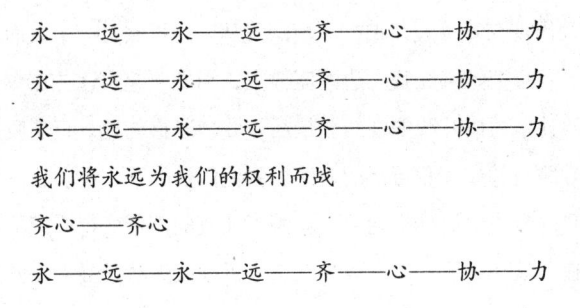

永——远——永——远——齐——心——协——力
永——远——永——远——齐——心——协——力
永——远——永——远——齐——心——协——力
我们将永远为我们的权利而战
齐心——齐心
永——远——永——远——齐——心——协——力

警察在梅菲尔大街严阵以待。枪声响起，周围人群开始奔跑，尖叫着冲进灌木丛，四处逃窜。一开始我有点混乱，就像被割下头的小鸡在生命最后一刻漫无目的地往前跑。然后，我也跑进灌木丛。感觉好似一头扎进了地狱。四周的人在尖叫、祈祷、诅咒、滑倒、瘫倒在地。有些人挣扎着再次起身接着跑。一个身穿紧身牛仔裤、满头浓密小发卷的女孩正好在我面前倒下，一动不动地躺在地上。我从她身上跳过继续跑，就好像她是一道拦在我面前的阴沟。我仿佛跑了好几年，灌木丛仿佛永远没有尽头，到处都是戳到我眼睛和嘴巴的树枝。

然后，我再次跑到大路上。当两脚一踏上柏油碎石铺筑的路面，我就想跑回灌木丛里。大马路开阔空旷，毫无隐藏之所。可太多人从灌木丛拥出来，跑到大路上。如果我站着不动的话，就会被撞倒。于是我不停地跑。过了一会儿，我才意识到自己又回到了校园。我向莫雷米停车场跑去，我的车停在停车场的一棵杏树下。

我坐进车里才想起叶吉德。我顿时变得惊恐万分。她在哪儿？之前她一直站在我右侧，头上举着一块湿漉漉的纸板牌。我努力去回忆她有没有穿着牛仔裤。我怀疑她是不是我在灌木丛里一跃而过的女孩。我记不得她有没有满头浓密小卷。停车场里一片混乱，学生在到处跑，跑进莫雷米楼，再往下跑。我不知道去哪里找她。

突然，她出现在我身边，拍打车窗。我从未因见到另一个人而如此欣喜若狂，我想把她绑在我身边的座椅上，和她一起永远住在车子里，永远不要让她再离开我的视线。最后，我紧紧抱住她，直至我觉得她快速的心跳仿佛成了我自己的心跳。我们俩什么都不说。我没法说话，尽管我的喉咙里堵满了话语，堵满了让我的声带变得麻痹的激情。即使现在我认为自己本该说点什么，告诉她我无法承受失去她的后果；告诉她就在刚刚，想到会失去她，我几乎要疯掉；告诉她我想把自己和她绑在一起，这样她就会安全，这样我就能和她一起去她想去的地方。

可我什么都没说，直到第二天，当我们得知有三个学生在抗议中丧生。

"现在就嫁给我吧，"我说，"生命短暂，为什么我们要等到你修完学位呢？我把我的车给你，你可以从伊莱沙市开过来。如果你愿意的话，甚至还可以住在宿舍。但是让我们告诉你父母我们已经准备好了。"

我知道她会同意的，因为这是恰当的时机。在其他任何时间，她都会坚持自己不想成为已婚的学生。可6月的那一天，她握着我的手，点了点头。

　　我们结婚的第一年，我常梦到死去的那些学生。我经常看到他们躺在路面上，排成没有尽头的一排，全都身穿紧身的蓝色牛仔裤。叶吉德总是站在尸体另一侧。我想去她的身边，可挡在路上的尸体太多了。

12

　　在武装盗贼给我们写信的两周前，我的沙龙旁开了一家新沙龙。主人是博卢妈，一个不识字的胖女人，说话会打嗝儿。如果她早上跟你打招呼，在四溅的唾沫星中，你会清楚地知道她吃了什么早餐。她的沙龙里会拥出很多孩子，就像水从喷泉涌出那般，把我们共享的楼道弄得乱七八糟。哪里都有她们——到处爬、到处坐、到处躺。她们都是些头发脏脏的小女孩。最大的约十岁，最小的约四岁——六年间生了六个女儿。在那个女人到来的第一周里，我是那么讨厌她，在某一刻，我甚至产生一种疯狂的念头：将沙龙搬到另一个地方。
　　博卢妈总是对女儿们大喊大叫，她那寥寥无几的顾客回家时头上的唾沫肯定比定型发胶还要多。每天她大约只有两名顾客，有时候一个都没有。尽管她想方设法引诱我的顾客：脸上带着夸张的笑容，不厌其烦地跟她们打招呼，可是从她嘴里喷出来的唾沫喷泉必定让她们退避三舍。很快，她就老待在我的沙龙里。快到中午的时候，她就会进来，这样就能从我的收音机里收听午间新闻。我这收音机不仅老旧，而且还挺情绪化。有时候，为了能收到清晰的广播，博卢妈需要站在它边上，扶着天线。新闻节目结束后，她会坐到被她的体重压得吱呀作响的椅子上，自发地指手画脚，提出美发造型建议。

就是博卢妈把她们家从武装盗贼那里收到的信带给我的。她们家住在我们的小区里，小区里的每个家庭都收到了来自盗贼的信件。顾客和美发师离开后，她让我把她的信读给她听。

这封信与写给我们的那封格式一样，只有地址和称呼不同。

亲爱的阿迪奥先生和太太：

我们以枪支的名义问候你们。

我们写信是为了告知：年末之前，我们将登门拜访。

请为我们准备好一个包裹。我们能接受的最低金额是一千奈拉。我们给你们时间去筹钱。我们会再给你们写信，告知我们登门的具体日期。

"就这样？"博卢妈问。

"是的。"

她皱起眉头："我必须好好想一下这事。他们让我们到哪儿去找这笔钱？都够买辆车的啦。"

"我确定这是个玩笑。只是个愚蠢的恶作剧，浑蛋。"我说。

过了很久之后，这种事才时常发生。彼时，我无法想象有一天尼日利亚的盗贼居然胆大妄为到直接写信，这样受害人就能对他们的进犯做好准备。有一天他们强奸妇女之后，会堂而皇之地坐在客厅里，一边让人给他们准备山药泥和豆子炖肉，一边观看录像机播放的电影，很快他们就会把录像机的插座拔掉，装车离开。

只有少数像博卢妈这样的人才相信这封信是真的。我认为她之所以这样想是因为她没有受过正规教育。对于第一封信，我没想太多。我甚至都没把信给埃金看。我的脑袋里装着其他的事情。芬米搬进来后，我开始每周三去看心理医生。直到这时，我才听说"假孕"这个词，虽然在我看来，它听起来像个捏造出来的词汇，但我还是每周去看医生，我的身体开始慢慢恢复到正常形态。

我走路上下班，因为心理医生建议我锻炼。实际上，我走着离开芬米，走着回到她身边，我觉得这种短距离的步行会让我心态平和。虽然我努力专注于沙龙的事务，可是很难不注意到她对客厅做的改变。她把椅子挪来挪去，在中心桌上摆放一瓶塑料花。我尽力避免与她碰面，大部分的时间都待在楼上。埃金忙着工作，通常在我入睡后才进家门，但周末的时候他要跟我谈治疗进展情况。为了让他高兴，我向他保证我再也不会像前些日子那样陷入认为自己怀孕的幻觉了。

博卢妈成了我沙龙里的常客。工作时间她一直睡觉，张着嘴，打着呼噜，与此同时，她的女儿们四处游荡，只有当收音机传来新闻时她才起身站到收音机边上。

当我们不断从武装盗贼处收到后续信函，时光就开始像快进的录像带般飞速流逝。这些信与开始的信件不同。它们不是无聊的十几岁孩子就能编出来的千篇一律的便条。它们指名道姓，由一直在暗中观察我们的人，或就生活在我们身边的人，特意写给每一个家庭。

阿冈比亚迪家的双胞胎女儿出生时，盗贼恭贺他们。他们恭喜奥霍家刚买了一辆崭新的标致504旅行车，安慰法托拉家失去了酋长的头衔，建议阿迪奥家（博卢妈家）考虑做家庭规划。他们发誓三周之内就会出现，劝告所有人不要搬出小区，如果我们胆敢搬家，他们起誓一定会对我们穷追不舍。他们对我们了如指掌，以致我们相信假如我们尝试从小区逃跑的话,他们也一定会找到我们。我们的心不再正常地跳动,而开始"怦怦"地快速撞击胸膛。如有老鼠从眼前穿过,我们会吓得蹦起来,晚上也不再去散步,甚至连孩子都没有往常那般喧哗了。

小区委员会雇用了一队猎人来守卫小区。在这些威胁出现之前,小区委员会并不存在。我们全都受过良好教育,住在独栋的双层小楼里,在城里开车碰到时会鸣笛问候。只有必要的时候,譬如取名仪式、生日,还有偶尔出现的葬礼,才登门拜访。在伊莱亚小区里,我们不会在圣诞节彼此送上山药泥和豆子炖肉,或者分发炸公羊肉。相反地,我们会在自家门前以"圣诞快乐"和"斋月吉祥"之类的话语祝福彼此,会在坐进自家车里或走进家门前,彼此挥手致意。

是的,当第二拨盗贼的信函到来,小区委员会马上成立起来。小区里每个人都加入了委员会。首次正式会议虽然吵吵闹闹,但是我们成功地达成共识,雇用五位警察和一队猎人加入安保队。我们还决定每家支付三奈拉做安保费。大家派埃金和阿迪奥先生即刻前往爱耶叟警局,要求警局派警察给我们。

第二天,委员会收到一封来自盗贼的信。信上说,警察的工资是由他们支付的。委员会会议上,我们对此嘲笑了一番,法托拉先生(法托拉前酋长)说盗贼已然束手无策了,他们最新发来的信函就是证明,我们均点头赞同。第二个星期,警察来履行他们的职责。看到手持自动手枪的警察以及扛着长枪的猎人在小区巡逻,让人觉得很安全,我们很快便将信件抛诸脑后。

不久,博卢妈就召集了一次"小区妇女"会议。

这是我第一次进入博卢妈的家。我意外地发现她家里非常干净整洁。根据博卢妈在沙龙里的样子,我预计她的客厅会散发着尿液结块的臭味，用过的尿布会扔得到处都是。可相反地，这里闻着像酸橙汁的味道，又浓郁又清新。从其他女人四处张望的样子中，我能看出她们的预测与我类似。在整个会议的过程中，她的孩子完全没有出现。我一直在想她会不会把她们藏在房间或鞋柜里了。

最后一位女士坐下后，博卢妈马上开始开会。"我们必须做好对付盗贼的准备。他们会强奸孩子。我们必须备好卫生巾。"她每说一句话，眼睛似乎就瞪得更大一些，直到最后它们看起来就好像要蹦出来，在椅子底下滚来滚去。

"备卫生巾？现在他们把子弹放里面了？"法托拉太太摇着头说。

有个人笑了，然后另一个，很快我们就都笑起来，除了博卢妈，她看起来都要哭了。

"闭嘴！"她尖声大喊，"我有六个女儿，你知道那意味着什么？老大的胸部已经挺起。你们有些人也有女儿，已经来月经的女儿。这些盗贼什么都做得出来，还有你们自己呢，在你们的丈夫中，有多少宁愿被枪杀，也不愿让一群盗贼强奸你？我很确定，他们会设法藏到天花板里。"

"不会有盗贼来的，我们有警察。"奥霍太太说。她曾在英国学习一年，总操着一口假英伦音，哪怕在说约鲁巴语的时候。

"是的，我们没必要杞人忧天，自己吓自己。"我说。

法托拉太太鼓起掌。可没人跟着她鼓掌。

博卢妈嗤之以鼻："让我说一下我自己的办法。将卫生巾泡在红葡萄酒里，或者泡在用干芙蓉花煮的水里。每天晚上都带着，万一那些人来了，这样，如果他们真的要图谋不轨，会认为你正在来月经。"

奥霍太太用别别扭扭的英伦口音说着英文："这女人疯了吗？即使

她是对的,难道整个小区的所有女人在同一时间吗?谁会相信呢?"

法托拉太太摇摇头,站起来。

"我必须说一句,那是她没文化——脑袋空空如也。"奥霍太太说。

"我没时间做这事。我要去上班。"法托拉太太说。

"她们说什么?"博卢妈问我。

"没什么好担心的,放宽心,"我用约鲁巴语对她说,"我们有警察。"

"告诉我,警察有没有帮到德勒·吉瓦?"博卢妈问。

法托拉太太跌坐在椅子上,仿佛被博卢妈的话语推了回去。房间里静悄悄的,奥霍太太四处看了看,那神情就像是有个秘密特工正在偷听我们的谈话。

德勒·吉瓦被谋杀后的数月里,每当他的名字被提起,房间里就马上沉默下来,充满恐惧的气息。博卢妈客厅里坐着的女人里没有一个是新闻杂志主编,但这无关紧要,吉瓦的命运似乎还是会发生在我们任何一个人身上,因为杀害他的那个炸弹是放在包裹里,直接送到他家的。收到包裹是多么平常的事,我们都能想象出自己坐在家里的桌边打开包裹的样子。尽管我无法想象我的包裹贴上这样的便签:带着尼日利亚国徽章,印着"来自总司令办公室"的字样,然而我知道如果以前我收到类似的包裹,也会像吉瓦的儿子一样,首脑送给父亲的包裹,我会毫不犹豫地拿进他的书房。吉瓦收到包裹时正和一位同事在一起,他说这肯定是总统送过来的,于是在儿子离开书房后就把包裹打开。第二天,他在医院去世,而那位受伤的同事没有丧命。

"说实话,"法托拉太太说,"现在我都是让女仆拆信,哪怕是那些来自所谓盗贼的信件。"

对于家里收到的来信，我没有做这些防备措施。吉瓦被谋杀的时候，我整天忙着待在家里，积聚力量，这样我才能有足够的力量生产。我没有注意到新闻。等我回去工作的时候，吉瓦的死亡让尼日利亚惧怕起自己的领导人。可也许是因为我是从别人口中得知这些事，所以我并没有害怕到连自己的信件都不敢打开。

在沙龙里，博卢妈缠着我打听家里收到的那封信件里的措辞。她到处打听，向所有女人询问信件的细节，然后坐在我的沙龙里试着搞清楚这些盗贼可能从每个家庭索取什么。她认为厄运即将来临，她似乎很关心这事：要保护我们免受厄运的伤害。她真的很关心。

我把盗贼写给埃金和我的那封信的细节告诉她。盗贼告诉我们不要离开小区，搬到芬米的公寓，企图躲开他们。

"他们怎会知道你情敌的住处？我告诉过你，他们是真的，他们就要来了。"博卢妈说。

这女人惊恐万分，有时候她的关切令我感动，有时候她的惊慌让我心烦。难道她没看到警察正在小区站岗吗？

13

有些人之所以能在争辩中取胜，是因为他比其他人叫嚷的声音更响，叫嚷的时间更长，哪怕他的观点很愚蠢。我丈夫的弟弟就是这样的人。而且，每当争辩进入白热化阶段，他还会将脖子拧过来拧过去，让人产生这样的一种印象：假如听众不同意他的观点，他可能会把自己勒死。大多数人最终会同意。我总认为他们让他自说自话，自作主张，是因为他们不想对他的死负责。

虽然我不喜欢这个小叔子，但我嫁给了埃金，多顿就成了婚姻包袱中的一部分。每次多顿来访，我都会庆幸他住在拉各斯市，上门的机会没那么多，让我有喘息的空间。他总是说着各式各样奇奇怪怪的笑话，这些笑话其实一点都不好笑。而他会因自己这些索然无味的笑话放声大笑，笑声真的太大了。和他在一起感觉很累，我总是不得不对那些一点都不好笑的事发出笑声。我还不得不去弄懂何时自己该发笑，因为你察觉不出来他的笑话的笑点在哪儿。他不是值得认真对待的人，在抛出这些笑料的同时，他还做出了许多承诺——他从不遵守的承诺。

有一次，多顿承诺要给我们一个孩子，他说他会将其中一个儿子送过来，和我们生活在一起，直到我怀上宝宝。当他说这话的时候，我跪在地上感谢他。好几个月前，妈咪建议我去找个孩子，一个蹒跚学步的孩子，能跟我们生活在一起，直到我怀上宝宝。她说孩子能呼唤其他孩子来到这个世界。收养个孩子，让他的声音不停地在我身边响起，这样可以召唤我自己的孩子，敦促他们来到这个世界。唯一的问题是我没有同胞姐妹，而且我已经好多年不跟同父异母的姐妹说话。我没有可以把孩子托付给我的亲人。我已经不记得这个想法，直到多顿不知怎么听到了它，于是承诺把他的小儿子送过来。

这个男孩的名字叫拉伊，当时只有两岁大。我在楼上给他布置了一个房间。我买了玩具、图画书、画画本，还有彩笔。我期盼着，直到房间里的物品落上灰尘，我期盼着，将每个玩具、每个书本上的灰尘用软布擦去。我让埃金给他弟弟打电话，接洽这事。那些物品上的灰尘积得更多了。埃金告诉我多顿改变了主意。于是我把所有的玩具打包送走。

然而，一个星期六的早晨，大雨刚过，太阳刚从乌云后露出笑颜，多顿出现在家门口的台阶上，对此，我还是感到很开心。芬米去拜访亲戚了，埃金一直跟着我在屋子里转来转去，询问在医院治疗的详细情况。仿佛他知道我心中多多少少有点疑问，并没有完全相信医生的话是对的。那个早上，他变着法向我提问，最后我对他尖叫起来："有可能所有人都是错的，而我是对的。"

"你要把你的真实想法告诉医生，"他说，"不要再说你认为他想听的话。"

看到多顿，我很开心，因为我觉得他可以分散埃金的注意力。

他们喜欢对方的陪伴，会通好几个小时的电话，讨论体育、政治和天气。有时候，当埃金以为我没在听的时候，我无意中听到他们在讨论哪种女人更好：胸大的还是屁股圆的。我认为，有多顿在，埃金可以转移一些压在我身上的压力。

我打开门，多顿大声吆喝："我来啰。"他将我推到一边，猛冲向他大哥。他们拥抱在一起，然后多顿后退鞠躬："大哥。"

埃金的个子很高，在穿过门廊时，总是不得不弯腰。埃金的皮肤是棕色的，在阳光下泛着光泽。多顿与埃金一般高，可他肤色苍白，身形瘦削，双颊看起来仿佛被挖空了似的。我跪下来问候他。我们俩同岁，可因为他是我的小叔子，所以我该待他如长者。虽然我相信他是个典型的负心汉，完全不负责任的人，但每次他来的时候，我都会给他应有的尊重。

"欢迎你啊，先生。愿你旅途愉快。"我说。

多顿坐到靠垫椅上，把脚伸出来，放到中央的红木桌上。"我老婆让我问候你们——这个周末她要上夜班。我没法自己带孩子，他们乱打乱闹，让我相信我会在半途撞到树上去，所以他们在拉各斯。妈咪怎么养大我们的？这是我的报应。孩子跟姨妈在一起，我老婆的姐姐。叶吉德，我听说你现在是两个人了，你吞了个人进去！来吧，让我好好看看你。"

我站在小叔子面前，然后转过身，让他检查。自从多顿出现，我丈夫脸上一直挂着笑容，此刻，这个笑容从唇上消失了。

"她没有怀孕，"埃金说，"她不舒服，正在看医生。"

"可妈咪说——"多顿开始说话。

"我怀孕了。"我搂着肚子说，盼望宝宝此时能踢我一下，期盼他能向我、向房间里的每个人证明他自己，彻底打消埃金的怀疑。

"大哥，女人怀孕时就会这么说。"多顿说。

"问她怀孕多久了。"埃金说。

多顿紧紧盯着我的肚子，同时眯起眼，就好像我不知为何缩小了，他不得不非常使劲才能看到我。

"埃金，你不知道我在自己身体里感受到的东西。"

埃金站起来，抓住我的胳膊："产前保健课已经把你赶出来了，叶吉德。你做了五次扫描检查，五个不同的医生，在伊莱沙，在伊费市和伊巴丹市。你没有怀孕，那是你的幻觉！"他的嘴角聚起唾沫泡，"叶吉德，这必须停下来。我求你了。多顿，请跟她谈谈。我说了又说，因为所有这些唠唠叨叨，我的嘴唇都开裂了。"他的手抓得我肩膀发疼。

多顿的嘴巴张着，他合上嘴，又张开。我从未见过他这副说不出话来的样子。

当多顿从茫然不知所措的状态找回自己声音的时候，他说："医生到底知道什么？女人应该清楚自己是否怀孕。"

他相信我。他的眼中毫无嘲讽、毫无怀疑之色。他的眼睛平静地对上我的双眼，里面含着一些我已经很久没在埃金眼中看到的东西，很久很久了。他相信我，相信我的话，相信我是清醒的。我想要紧紧地抱住多顿，直到他对我的信任重新点燃我日渐渺茫的希望，赶走那股正在吞噬我的似曾相识的绝望。

"你真是没脑子，叶吉德。没脑子。"埃金说，"多顿，我已厌倦和这疯女人讲道理。我要去俱乐部了。你来吗？"

以前他从来没有像这样跟我说话。很长一段时间里，他的话会在我心里自动回放，每次都让我瑟瑟发抖。多顿开始说话，为我辩护，可我没等着听下去。我用掌心摁着肚子，跌跌撞撞上了楼，泪水模糊了我的双眼。当我走进卧室,能听到埃金的车开出前院。

有时候我想,是我丈夫的这些话使我更容易做出这事:让多顿安慰我。我想,它们让我太脆弱了,当他抱着我,亲吻我的耳垂,脱下我的衣服,我只能一边哭泣,一边靠向他。在我还没来得及反应前,一切结束了,只是在我两腿之间留下来液体和干涩的痛感。我对弟妹产生一种强烈的同情。就是这样吗?这就是她周而复始从他身上得到的全部吗?至少我以为会有更多感觉,至少会有一种身不由己的痛楚,仿佛这完全悖逆了我的信仰,我自认为的信仰——直到那个周末。

"下次会更好,我会更棒。你真是太美了……你……我总想……"多顿一边慌慌张张拉起裤子一边说。虽然我不想承认,但我知道会有下次。和他在一起感觉不同,感觉更完满。我想要再试一次。我的第一个本能反应是告诉埃金,可谁又能跟自己的丈夫说:"我要你像你弟那样与我做爱。"

那个周末接下来的时间里,我都躲在房间。我把门开着,心想这样就能听到埃金与多顿的笑声,或者他们因意见不同而抬高的声调。但我什么都没听到,楼下静悄悄的。这份沉寂溜到我身边,猛击我的肚子,最后,我在罪恶的泪水中失去了自己的奇迹宝宝。

星期天晚上,当埃金来到卧室,发现我整个人蜷缩着,口中正在喃喃地说:"我的宝宝,我的宝宝。"

他站在门边。我确定他不会走近我——他会走出去。我确定他弟弟的双手已在我的肌肤上留下烙印。在房间里荧光灯的照射下,这些印记闪闪发光,我丈夫一定能看到。我洗过的热水澡也冲洗不掉这些印记。

埃金关上门,脱下衬衫和背心,在床尾小心翼翼地叠起,躺在我身侧。他伸手抚摸我的四肢，用指尖滑过我的肌肤。

"对不起，"他说，"非常对不起。"

他轻轻呼唤我的名字："叶吉德，叶吉德。"这声音在他唇上非常轻柔，这奇异的声音本身就是一种爱抚。我想要他知晓我无法说出的话：我的宝宝，我一直呵护备至的孕事，没了。没了。我又空空如也了。

他一直亲吻我的脸，直到我反过来开始喃喃叫起他的名字。

我想要跑到楼下找多顿，告诉他：看啊！埃金仅在我脸上就能让我产生这种感受。看啊！

埃金不停地呼唤我的名字，热切的呼吸吹拂我的肌肤……我有股强烈的愿望：每件事都完美无瑕，正好让我能怀上孩子，这让我没法享受欢愉。

多顿星期一早上离开。当他道别时，手在我肩上流连了太长时间。我心中犹疑，当我们向多顿开走的汽车挥手时，自己是否看到埃金的下巴绷紧了。

14

　　武装盗贼终于到来，他们听起来像是一伙迷了路、进到我们客厅问路的人。他们说着无懈可击的英文，像来访者似的坐在椅子上，要求来点喝的（正在工作，请别上酒）。然后他们往我们每个人头上顶了一把枪，叫我们把所有电器打包装箱。

　　开始的时候，这更像是一次来访，而不是袭击。其中一人在喝完一瓶柠檬汽水之后，甚至还说了声"谢谢"。我和埃金、芬米将电器装到他们的小货车上，然后进屋，几分钟之后，我们听到一声枪声，接着是划破寂静夜晚的尖叫声。紧接着又传来几声枪声，在未来数月里，回荡的枪声时常让小区的居民满头冷汗地在半夜惊醒。

　　第一声枪响之后，埃金就把我推倒在地，然后用身子挡在我身上。我们就这么待着，竭力不要大声呼吸。我意识到芬米也在客厅里，她抽抽噎噎的，最后埃金让她闭嘴。我们就这么待在地上直到黎明，埃金一动都没动，甚至当芬米问他是不是一点都不想去保护她，他也没动弹。

待到清晨我们站起来的时候，芬米开始抽泣。

"你不爱我，"她对埃金说，"你一点都不在乎我。"

埃金没有回答。他问我有没有事，然后出门去查看邻居们的情况。我上楼，将芬米一个人留在客厅里。

结果人们发现枪眼到处都是，家具上、墙上、车窗上。尽管法托拉先生在盗贼进屋那一刻就晕了过去，但是没人受伤。盗贼离开后，他妻子往他脸上泼了一杯冰水，他才苏醒过来。盗抢事件发生后，我们雇用的猎人告诉我们：盗贼抢劫发生当天，没有一个警察来上班，于是小区委员会向爱耶叟警察局写了一份请愿书。他们说完这事之后，奥霍太太用她的英伦口音声称，其中一个警察就是盗贼中的成员。没人注意她的话。尽管警察显然以某种方式介入其中，但是他们会拿起武器亲自对付我们吗？我们认为事情还没糟糕到那种程度。

*

当博卢妈为盗贼忧心忡忡的时候，我心里装着更美好的事。我的肚子鼓起来了，里面怀了孩子——这次甚至连超声波仪器都认同了。我把光滑的扫描结果文件塞进镜子的木框下，就在镜子的上方角落处，这样每天早上我梳头的时候，就能看到它。每天晚上我吃水果，埃金为我煮蔬菜炖肉。大多数的情况下，炖肉里都有石子，可我不抱怨。我拒绝换新衣，这样，孕肚会让我的衣服紧绷起来。我坚持这样，直到有一次分享礼拜恩典时，我站起身加入庆贺队伍，结果衣服从腋窝到膝盖撕裂开来。

我成了众所周知的那个"撑爆衣服的孕妇"，哪怕是在宝宝出生之后。可我不在乎在教堂唱赞美诗或朗诵《尼西亚信经》的时候，大家对我的指指点点、窃窃私语。我成了不灭之身,成了永恒不息的生命链条中的一环。新生命在我体内踢蹬,很快我就会有属于我自己的孩子。不是继母,不是同父异母的兄弟,不是与二十多个孩子共享的父亲,或与芬米分享的丈夫,而是一个孩子,我自己的孩子。

这些想法让我如此幸福,以至于我生出了恐惧感。一个人感到如此快乐、如此幸运,似乎太过分了。怀孕后的头几个月里,我开车的时候,不止一次双手放开方向盘,放到腹部,张开手掌,尽可能用手盖住肚子。我想要搂住孩子,生怕这几个月的极致快乐会带来不幸的狂潮,宝宝会猛地冲到大众汽车的地板上,让我的肚子就这么裂开。

从其他车辆传来的鸣笛声和诅咒声提醒我,交通事故更有可能夺走我的孩子。令我感到惊讶的是,在我大肚子的日子里,从来没出过事故。这让我更加确信自己的信念:厄运很快就会来敲门;我的幸福生活实在太美好,不会是真的,很快就会坍塌,砸到我头上。我开始围堵厄运出现的各种可能通道。我开始好好对待芬米,与她分享关于埃金的信息,从他喜欢的口红颜色——鲜红色,涂在她嘴上看着很花哨,到他喜欢吃什么样的豆子——放很多辣椒用水煮。我做好与人分享的准备。男人可不是你能藏起来的,他可以有很多妻子,但是孩子只有一个真正的母亲。一个。

尽管我杞人忧天,但孕事却进展顺利。每次我去检查身体的时候,医生都很开心。到了孕期的最后三个月,我的焦虑消失了,开始踏踏实实享受怀孕。我喜欢发疼的后背。我吹嘘自己的脚变大,不断抱怨找个舒服的睡姿有多难。这是我一生中最美好的时光。

15

我们叫这个宝宝奥莱蜜德,还另取了其他二十个名字。她的小脸是柔和的黄色,哭的时候会变成粉色,她几乎无时无刻不在哭,除非把乳头塞进她嘴里。她的耳朵是深棕色,和埃金手背的颜色一样。妈咪向我们保证埃金小时候也这样,很快我们的漂亮女孩会从柔和的黄肤色渐渐成长,变成像耳朵那样的深棕色。

取名仪式堪称狂欢节日。奥莱蜜德是星期六出生的,那是一周里最便利的日子。取名仪式在她出生后的第七天举行,不会与工作日或礼拜日冲突,好几百人参加了仪式。我的继母们是星期五到的,她们带着满脸的笑容到来,掩盖住眼角流露出的失望。她们仔细端详奥莱蜜德躺着的小床,仿佛盼着发现一个裹在褴褛里的枕头,而不是婴儿。她们滔滔不绝地说着她们多么开心,提起她们为了祈祷我怀孕,曾经拜访过的牧师与祭司的名字。我用感激的微笑接纳她们的谎言,然后在她们真正碰到我的孩子前,将她们赶出卧室。

多顿携妻儿从拉各斯市前来。他们在仪式前抵达,大约在主持人对着麦克风轻声说"试音，试音，一，二，一，二"的时候。当时我正在卧室里，坐在一个桶上，心里想：为什么这些仪式主持人必须说这些话，而不说点别的。桶里装着热腾腾的水、明矾和抗菌剂，妈咪在边上守着，确保我不会站起来，直到足够的蒸汽进入我的下体，收紧内壁。

妈咪咯咯笑着说："用不了多长时间，埃金的手指又会在黑暗中摸索到你的裹布下。"

我所希冀的可不止日后他儿子手指的摸索，不过我没有与婆婆分享这一点，她对性爱的隐晦说法让我觉得不舒服。

多顿的妻子进来，将我从妈咪对自己儿子性爱能力的假设中解放出来，让我有理由逃脱这股蒸汽，它让我酸痛的下体如被火烧一般，仿佛塞进了红辣椒。当我站起来拥抱抽泣的弟妹阿霍克时，体内的热度反而提升了。阿霍克靠在我裸露的肩头抽泣，我抓住她的手，生怕她松开手，将明矾和水的混合物倒到我头上。她当然很清楚，如此一来，在我生命中最幸福的日子里，我定会蒙羞。

她抽身后退，笑了起来，她的笑声很独特，总像是浑身上下都在笑似的，从她的脚尖升起，直到从她的嘴里迸发出来。"主真好啊，我们的主真好啊。"她笑着，眼中盈满纯粹的欢愉和欣慰，和我首次将女儿抱入怀中那一刻心中的感觉如出一辙。在家庭聚会上，阿霍克从未跟我说过孩子的事，她是那种几乎从不跟我或任何人说话的女人。对于她表现出来的不同寻常的激情，我既感到意外，又感到羞愧。我再次拥抱她，这样她就看不到我的眼睛。妈咪也轻轻地抱了抱我们。我被她们的笑声和自己的女儿包围着。阿霍克发出的兴高采烈的声音像叉子一样刺向我。

整个取名仪式上，奥莱蜜德都在大声哭叫，如果没有麦克风的话，那么谁都听不到牧师喊出她的名字。我回到楼上喂她，直到她睡着。楼下的宴会继续进行，直到凌晨才结束。现场乐队的表演停止很久之后，觥筹交错还持续不断，直至大多数的宾客瘫倒在蓝色的金属椅子上沉睡过去。我没有加入这场欢庆，甚至当醉醺醺的埃金唱着情歌，想拉我和他一起下楼时，我都没去。我尚未做好准备，要离开自己的孩子和别人在一起，哪怕那人是我婆婆也不行。我想起母亲。若她还活着，我会把奥莱蜜德交给她，下楼跳舞。

*

第二天早上，奥莱蜜德是房子里第一个醒来的。她的哭声让我从梦中惊醒。我给她洗澡，喂她喝奶。很快，她就睡着了，却还在吸我的胸脯。我等她的小嘴松开我的乳头之后，才用绑带把她绑到背上，然后下楼找吃的。

当我的脚碰到第一级楼梯时，我尖叫起来。我抓住楼梯扶手做支撑，跌跌撞撞走下楼梯，嘴里还在尖叫。芬米毫无生气地躺在楼梯底部。她穿着粉色睡衣，不同于我之前所见的任何东西。睡袍只有一条带子在左肩上，而右侧滑落到肚脐处，露出赤裸的淡色胸脯。尽管我尖叫求救，尽管我将芬米的头从一小摊血泊中抬起，可心里却在想：这就是诱惑男人从妻子床上爬起来所需要的一切——赤裸的淡色胸脯和粉色的睡衣。

芬米的尸体已经冰冷。我摇摇头，尖叫她的名字。婆婆飞奔下楼来，胸前松松垮垮地裹着裹布。埃金和阿霍克紧跟其后。

"怎么了？"妈咪大叫，尽管她已站在我身旁。

"芬米？"埃金眯起眼睛看着自己的妻子，仿佛他不认识这是谁。他的呼吸很臭,有股大蒜和酒精混合的味道。

妈咪在我身侧跪下来,举起芬米的手,望着它重重地落到地上。她试着用手指使劲塞进芬米紧咬的牙关,同时一遍遍叫着女孩的名字。

"啊,我惨了,这回我真的惨了。"妈咪站起身说,然后双手举在空中开始挥舞。她拍打自己,拖着脚左右摇摆,间或还屈膝尖叫。"我欠下一笔无法偿还的债啊,我麻烦了。芬米,你让我怎么跟你母亲交代啊?啊,我惨了。"

只有阿霍克想起来要检查芬米的脉搏与心跳。

当阿霍克俯身去查看芬米的时候,我死死拽住埃金,指甲掐进他的手臂。妈咪继续拍打自己的脑袋,可当阿霍克抬眼看向我们时,即刻安静了下来。

"她死了。"阿霍克轻轻地说。

"啊!我要下油锅了!芬米!啊!我欠下债啰。无休无止的债啊!"妈咪尖叫着,又开始手足无措。

"怎么回事?"

我们全都转向楼梯。多顿只穿着裤衩站在楼梯顶部。

我闭上眼睛,心里希望芬米可以选择一个更好的日子死去。一个与我的奥莱蜜德的生日和取名仪式毫无关系的日子。我不该这样想,我该伤心。可相反地,我只觉得麻烦,甚至是被人抢了风头,却没有伤心的感觉,丝毫没有。

*

因为芬米的血迹去不掉,所以我们更换了客厅的瓷砖。有时候我站在楼梯底部，就是我发现她尸体的地方，盯着楼上，心里多少有点盼望她再次穿着那双高跟鞋，她之前老穿着这双鞋在屋子里走来走去，趾高气扬地走下楼来，鞋跟落地的时候感觉就像钉子正在扎进混凝土。我一直期待她突然出现在家门口，双手举着，让我能看到她新涂抹好的指甲。有时候，我在盛水的碗里研磨秋葵时，能感觉到她的眼睛就在我的脖后，可当我转过身，她又不在我身后，唯有厨房门在摆动。她不在她和我丈夫共同的房间里，甚至衣橱里也没了她的衣服，只剩一排排空空荡荡的衣架，那是芬米的姐姐来收拾芬米的物品时没有打包带走的。

芬米的姐姐与芬米长得惊人的相似，只是高出几厘米。我须再三看向她的平底鞋才能说服自己她不是穿着高跟鞋的芬米。当她将过世妹妹的东西搬出我们的房子时，没有跟任何人说话。她离去的时候，我松了一口气。我一直想着会出现戏剧性的场面，她在我脸上扇一两个巴掌，因为我比竞争对手活得长——这当然让我成为芬米突然死亡的嫌疑人。我害怕有人提出是我将这个可怜的女孩推下楼梯，可没人这样做。大家一致认为：在奥莱蜜德的取名仪式后，芬米可能喝醉了，昏昏沉沉，夜里上楼的时候滑倒了。

我没有出席她的葬礼，妈咪认为她的家人见到我会怒不可遏。埃金去了，从葬礼回来的那个晚上，他心情不好，喝了很多瓶啤酒，除此之外，他似乎一点都没为芬米的死而哀伤。他没有凝望天空，没有对电视里的新闻广播员或挡他路的凳子迸发怒气，没有漫漫长夜不归家，只是步履蹒跚地回来，吐在走廊里。

夜里，他会对着奥莱蜜德哼唱他编的歌谣，对着她大声朗读报纸上的文章。我女儿还不到三个月大，就对宪法审核委员会和制宪议会的程序了如指掌。这是世上最美好的事：望着自己的丈夫跟自己的女儿说着她无法理解的事。这一幕那么完美，如梦如幻，每每这些时刻，我都想摁下生命的暂停键。

芬米在我心中的印记慢慢淡化，仿若梦魇。

很快，埃金会在凌晨时分用手摩挲我。他伸手越过沉睡的奥莱蜜德，挤压我的胸脯，低声说着我们要再造一个孩子。可我还没做好同房的准备。我跟埃金说过，可他对我的话置之不理，用他自己的话来诱惑我，说有另一个孩子我们的生活会多么美好。

一如往常，我屈服在他的沙哑声中。

*

奥莱蜜德的肤色会比埃金的棕色肌肤黑，更接近我的肤色，我母亲的肤色，那是一种如黑夜般的黝黑肤色，在明媚的阳光下会散发光泽。她会获得各种各样的奖励，我会到她的学校出席颁奖典礼，我站在那里，拼命地鼓掌，这样每个人都会认得她是我的孩子。当然她还会上大学，成为医生、工程师或发明家，获得医学、化学或物理学的诺贝尔奖。

当她吮吸我的胸脯时，我能从她眼中看到这一切，自豪感油然而生。

16

奥莱蜜德出生约一个月的时候，我去了教堂，那是我与叶吉德结婚后第一次去教堂。上大学的时候，我就不再费心去做礼拜，可婚前我还是会出现在复活节或圣诞节的庆祝活动上。婚后，我就不再到教堂做礼拜了，因为我认为自己的每周没有多余的一个小时浪费在教堂的板凳上。可我女儿出生两周之后，我又开始做噩梦，梦到的景象与1981年游行示威的情景一模一样。我总是看到那个身穿紧身牛仔裤的女孩躺在雨中——这次唯一不同的是，我知道躺在地上的每一个女孩都是芬米。所以我又回到教堂。

很多男人是被纠缠不休的妻子拽来做礼拜的，他们坐在后排板凳上，张着嘴打瞌睡，或读报纸。但我没有坐在后排，而是尽可能往前坐。从我坐的板凳上，能清楚地看到圣坛后面的彩绘玻璃窗。这些玻璃窗上描绘的是耶稣与十二圣徒共进最后晚餐的场景：十一位圣徒坐在桌边，第十二位圣徒，应该就是犹大，已经开始往外走，他背对着耶稣。

当牧师登上圣坛,坐在我右侧的老妇人抱着头,好像要祈祷的样子。很快,她开始轻轻地打呼噜。牧师开始布道,他照着永远搁置在大理石讲坛上的那本巨大《圣经》大声朗诵《主祷文》。读到"拯救我们,脱离罪恶吧"时,他停下来,对着麦克风大口喘气。他喃喃地说着,一遍又一遍地重复这句话,每说一个字就停顿一下,复读一遍,他的声音就会提高,直到最后,他对着麦克风大喊:"拯、救、我、们、脱、离、罪、恶、吧。"

在我身边的那位老妇人被惊到,从梦中醒来。她环顾教堂一圈,然后又将下巴耷拉到胸前。

"我们常常请求上帝,拯救我们,脱离罪恶,"牧师说,"确该如此。可我们还必须考虑我们自找的那些无法说出口的罪恶。对于我们可以通过自救而脱离的可怕罪恶,我们是怎么做的呢?为何必须如此,我们总是等待上帝的救赎,可同时自己却在亲手制造那么多的罪恶?难道我们不再去考虑自己给这个世界带来的罪恶了吗?虽然这张清单是无穷尽的,不过让我来提醒你们:通奸、懒惰、妒忌、嫉妒、痛苦、愤怒、酒鬼……"

牧师说话时,两眼扫过底下一排排的听众。当他说到"酒鬼"的时候,我们的目光交汇,仿佛他知道我的一些事,一些深藏不露的事。他的目光在我身上流连,也许他要让我的心颤抖。我慢慢地左右摇摆脑袋,就像在我的想象中圣人听到凡间一切罪恶时所做的那样。

事实上,我并非醉鬼。我喝得不多。我可以一连数月不喝酒,甚至连葡萄酒都不喝。如果定要数一下我生平酒醉的次数,那么一只手就能数过来。我第一次喝醉是十几岁的时候。那时,父亲每天晚上派我去给他买一葫芦新酿的棕榈酒。多顿常常跟我一起去。回家的路上,我们会喝一点酒,然后在进家门前,咀嚼生的黄麻叶子来除去酒气。有一天，我们决定把葫芦里的酒全喝完。我们的计划是跟爸爸说我们遭受流氓袭击，他们从我们手上抢走了葫芦。那是爸爸最后一次派我们去买棕榈酒。

根据妈咪的描述，我和多顿醉醺醺地走到我们家的大街上，敲着葫芦，唱着赞美诗。我们从家门前走过，踏入邻居的院子，呼唤迷失的灵魂进行忏悔。妈咪责备爸爸让这么小的孩子去买酒，而父亲怪妈咪养的孩子无法抵御酒精的诱惑。这场争吵持续了整整一年，在意想不到的时候，这件逐渐平息的事又在妈咪尖锐的声音与父亲深思的沉默中被激发起来。

那一周里，妈咪每天拿棍子打我们的屁股，每打一下就逼我们发一次誓：至死不再碰酒。她打我的棍数是打多顿的两倍，还提醒我，她对我的期待更多，因为我是长子，是她的力量源泉。第二周，我发现了啤酒这个东西。啤酒的最佳之处就是妈咪无法从我们的呼吸中将它辨认出来，因为爸爸那个时候不喝啤酒。我和多顿会把啤酒倒进塑料杯里，然后就在妈咪眼皮底下喝，告诉她我们正在分享一瓶麦芽汁。

那个礼拜日，牧师继续布道的过程中，我在日记本里记下一条：下次多顿来访时，要给他准备一箱啤酒。多顿计划几周内去一趟阿布扎市，途中会在伊莱沙市停留几天。当我抬眼望去，并没看那个牧师，而是凝视着彩绘玻璃窗。犹大下垂的嘴唇第一次触动我的心灵，我想：他是否已对自己将要做的事情感到懊悔。那个礼拜日上午，我深感懊悔，为自己在奥莱蜜德的取名仪式上喝得醉醺醺而深感懊悔。那天早上大约十点，多顿与家人从拉各斯市到来之后，当时仪式马上就要开始，我就已喝过啤酒。我站在与厨房相邻的储物间里——没人会到这个地方来找我——一口接一口地将温暖的啤酒灌进肚子里，直到把三个棕瓶子全部喝光。这样,当我再次回到人群中,回到那些来我家与我和叶吉德一起庆祝的人当中时,我更容易露出笑容。即使在那个时候,当我念出奥莱蜜德的二十一个名字时,口齿还不含糊。

每个名字都来自家里一位重要成员的建议,甚至叶吉德的继母们也贡献了名字。虽然奥莱蜜德是叶吉德的选择,可所有人都以为那是我的选择,因为它是我首先叫出来的名字。不过,我没为这个孩子取名,一个都没有。啤酒让这些名字从我的舌头滚出来的方式,听起来就好像作为孩子父亲的我在同意将它们放进我宣读的这张手写清单前,已对这些名字的诸多层含义进行反复思索。喝完三瓶啤酒之后,做父亲就容易多了。

人人都向我庆贺。他们称我"阿布罗爸""伊可可爸""宝宝爸",然后在叫完这些名字之后,"奥莱蜜德爸"。同事拍着我后背跟我说下一个肯定是男孩;朋友们说我对叶吉德很宽容,先来个女孩,下次该是男孩了——最好是不止一个男孩。两个、三个、四个男孩,只要我能一次性塞进她身体里,越多越好。然后有人想起了芬米,想起我现在肩负双重责任。

朋友、同事坚定地认为我需要增援。任何一个男人如果面对这样的责任——让两个漂亮女人怀上男孩,都需要那种增援。其中一个朋友说,是时候开始准备了。我们全都围坐在大帐篷下的金属桌旁,取名仪式就是在这个帐篷下进行的。这番对话发生的时候,我们正喝着啤酒,吃着炸肉块。我并不像其他人那般醉醺醺的,这时,多顿提出建议,为了做好迎接前方任务的准备,我该喝几瓶奥迪库。

正是多顿将这箱烈性黑啤拿到我们桌上的。他把第一个棕色瓶子递给我,与此同时,其他人开始同声喊着:奥迪库、奥迪库、奥迪库。他们站起来一个接一个递给我瓶子,仿佛每个瓶子就是一件礼物——为了让我更具男子气概，为了让我的家庭可以拥有更多的孩子，从而弥补这么多年来他们中很多人向我打听过家里那个不生孩子的女人的事。他们一瓶一瓶地递给我，每次当我将喝空的棕色瓶子砸到桌上，仿佛是个手持敌人首级的凯旋将军，他们都会对我欢呼。

我不记得芬米怎么加入我们这个桌子的，也不记得她怎么加入这个醉醺醺的准备仪式的，为让家里到处都是孩子而奋斗的准备仪式。可很快，我和芬米彼此交换啤酒瓶，像傻瓜一样笑着。那天是我第一次看到芬米喝烈性啤酒。不，醉酒对于我或我生命里的女人来说，从不是问题。芬米去世后约一个月的那个礼拜日，当牧师开始为布道做总结时，我下了一个定论：我需要被拯救、需要远离的，并非醉酒。

"也许当我们恳求上帝拯救我们，让我们远离罪恶的时候，我们真正在求的是让我们远离自己。"牧师用白手帕擦拭前额，"今天，我命令你们：远离你们亲手带进自己生命里的罪恶。现在，让我们低头祈祷。"

我试着闭上眼睛祈祷，可却忍不住想到芬米。当我仔细端详彩绘玻璃的时候，我能清晰地看到她的身影。我能听到她最后短促的尖叫声，看到她双手企图抓住楼梯扶手的样子，就在我将她推下楼梯之后。

17

　　小时候，继母们会把她们的孩子赶到床上，给她们讲故事。可我从未被邀请去听故事，总是被挡在关闭上锁的房门之后，所以我老在走廊里游荡，从这个房门走到那个窗户，每个晚上都试着评判出哪个女人的声音最响亮。

　　我安慰自己说：没有妈咪，我就可以自己选择，去听自己想听的故事。如果我不喜欢这个妻子给孩子所讲的故事，我只需换到下一个门口。我不会像我那些同父异母的兄弟姐妹那样，被困在上锁的房门后面。我告诉自己：我是自由的。有时候，我没好好检查地板就坐下来，会坐到鸡屎或羊粪上。有些女人就是很脏，她们根本不会费心在睡觉前清理一下自己门前的那段走廊。

　　我最喜欢听谜语，因为我很会猜谜。能触碰天堂与大地的小点是什么？雨滴。谁和国王一起进餐，但却不会端起盘子？苍蝇。常常在房间里的弟弟妹妹尖声大喊之前，我会站在走廊里说出答案。当他们的母亲让其他孩子为给出正确答案的孩子拍手时，我会露出微笑，脸上泛起暖意，仿佛他们在为我而鼓掌。

讲故事的过程中，当他们唱起歌谣时，我会跟着唱，可总是声音很低。如果门那一侧的人听到我的声音，如果某个母亲出来查看，我就会有大麻烦。我的耳朵会被揪着拧起来，直到变得很热，仿佛用开水浇在上面似的。在我们这种一夫多妻的家庭里，偷听不仅是一种无礼的行为，而且还是一种犯罪的行为。每个人都有秘密，他们准备用生命来守护秘密。我学会了轻手轻脚地走路，学会在听故事的过程中，仔细聆听有人走近门的脚步声。我学会去听，然后无声无息地跑回自己的房间。

我最喜欢的就是奥卢罗尼比和伊罗科树神的故事。一开始，我很难相信继母们讲述的版本。奥卢罗尼比是集市上的一位妇女，她发誓，如果伊罗科树神能帮她卖出比集市上其他卖家更多的物品，她就把自己的女儿奉献给树神。故事的结局是她把女儿给了伊罗科树神。我讨厌这个版本，因为我不相信有人会拿自己的孩子来交换其他任何东西。在我看来，继母们讲述的这个故事很不合理，所以我决定编造自己的版本。每次继母讲述这个故事的时候，我就添加一点点情节。过了一段时间，只要她们一讲述奥卢罗尼比的故事，我就静下心来编造我自己的版本。

我将自己的版本讲述给奥莱蜜德听。妈咪离开后，我便开始给她讲故事。妈咪会觉得这样很奇怪：我在给一个根本不懂我在说什么的小婴儿讲故事。可我一生都在等待一个孩子，一个我自己的孩子，一个我能给她讲故事的孩子。我一分钟都不想多等。午后时分，当我和奥莱蜜德独自在家里的时候，我就讲故事。除了能忆起的童年故事外，我还编了一些新故事。不过，我最常讲的就是我自己的奥卢罗尼比版本。我认为奥莱蜜德和我一样喜欢它。

在我的版本里，奥卢罗尼比出生在很久很久以前，当时人类还能听懂树木和动物的语言。奥卢罗尼比的家人很爱她，人人都喜欢她。她就像水一样，家里没有敌对之人。奥卢罗尼比的母亲非常爱她，所以每天她带着奥卢罗尼比去集市。奥卢罗尼比由此精通了生意之道，虽然只是个小女孩，但是她已经懂得如何经营货摊。奥卢罗尼比是个温顺的孩子，长得非常漂亮。她从不撒谎，从不偷窃，从不在晚上偷溜出去跟围墙后面的男孩说话。

奥卢罗尼比的生活很幸福，直到那个命中注定的日子降临。那天，奥卢罗尼比的父亲正在农场收大量的山药。农场就在树林旁边。父亲让奥卢罗尼比的母亲和所有孩子随他到农场帮忙。可奥卢罗尼比要求留下来看管货摊。那天晚上，当她从集市回到家，就为去农场的人准备大餐。然后她等着大家回来，一等再等。太阳落山后，大家没从农场回来。第二天早上，奥卢罗尼比去了集市。她想着，前一天晚上家里人可能睡在农场里了。可当她从集市回到家，家里还是没人。当时天还有点亮，所以她赶忙进入树林，赶去父亲的农场。那里空无一人。她走遍了农场的每一寸土地，大喊每位家人的名字。没有任何回应。

等奥卢罗尼比回到村子，天已经黑了。她回到家，当发现家里也没人的时候，就开始挨家挨户询问有没有人见过她的家人。那天夜里，太阳睡觉的时候，奥卢罗尼比去了村里的每一户人家，询问是否有人见过自己的家人。没人知道他们在哪里。

太阳醒来开始在空中工作的那一刻，奥卢罗尼比来到国王的宫殿，汇报了发生的这件怪事。国王派出一支搜索队，进入树林，寻找失踪者。奥卢罗尼比一直没有离开国王的宫殿，直到两天后搜索队回来。这场搜索一无所获。

"也许你的家人决定离开村子了。"国王对奥卢罗尼比说。

奥卢罗尼比恳求国王,派出村里最勇敢的猎人,进入树林深处搜寻。国王同意了,可五天之后,猎人们空手而归。他们也找不到奥卢罗尼比的家人。国王建议奥卢罗尼比继续自己的生活,因为没有什么可做的了。"也许你的家人决定离开村子了。"国王又说了一遍。

奥卢罗尼比不相信国王的话,她清楚自己的家人不会弃她于不顾,于是她决定再次进入森林寻找他们。那个星期的每一天她都深入密林深处,询问所有的树木是否见过她的家人。可树木拒绝告诉她任何事情。

有一天,她问到了树王伊罗科。

"我知道你的家人在哪里。"伊罗科说。

"他们还活着吗?告诉我,他们还活着吗?"奥卢罗尼比问。

"是的,他们还活着,"伊罗科说,"可我不知道他们还能坚持多久。"

奥卢罗尼比尖叫起来:"伊罗科,告诉我他们在哪儿,这样我就能快速地去救他们!"

"不行。"伊罗科说。

"求求您,伊罗科,告诉我他们在哪儿。我可以做任何事——您让我做什么都行。"

"绝对不行。"伊罗科说。

"求求您,伊罗科,您要什么我都给您,要什么都行,只要您告诉我他们在哪儿。"

"要什么都行?"伊罗科问。

奥卢罗尼比跪在伊罗科面前说:"什么都行。"

"我要你的第一个孩子。"伊罗科说。

"伊罗科，可我没有孩子。"奥卢罗尼比说，"向我要任何别的东西，我都会给您。您要奶牛吗？"

"不，"伊罗科说，"我要你的第一个孩子。"

"您要山羊吗？我可以给您一只非常大的山羊。"

"不，"伊罗科说，"我要你的第一个孩子。"

"可我没有孩子给您，"奥卢罗尼比说，"我甚至都没结婚。"

"等你有孩子的时候，可以履行你的诺言。"伊罗科说。

好长一段时间，奥卢罗尼比没有说话。她跪在伊罗科面前，心里想着自己的家人，父亲、母亲、兄弟姐妹们——全不见了。

"好吧，"奥卢罗尼比说，"我会将第一个孩子献给您。"

"你必须发誓。"伊罗科说。

"我发誓会将第一个孩子献给您。"

"你必须去向村子里的国王起誓，"伊罗科说，"当你回来的时候，我会告诉你他们在哪儿。"

奥卢罗尼比跑进村子，在国王面前起誓，如果伊罗科向她透露失踪的家人在哪里，她会将自己的第一个孩子献给伊罗科。

当奥卢罗尼比回到森林，她的家人全都站在伊罗科旁。

奥卢罗尼比开心极了，她拥抱每一个人。"你们都到哪儿去了？"她问，"发生什么事了？"

"我们不记得了。"他们说。

"您怎么找到他们的？"奥卢罗尼比问伊罗科。

"这是森林的秘密，"伊罗科说，"我永远都不能告诉你。"

"谢谢您。"奥卢罗尼比说。

"别忘记你的誓言。"伊罗科说。

"我永远不会忘记。"奥卢罗尼比发誓。

奥卢罗尼比与家人一起回到村子。每当她想起自己对伊罗科许下的诺言，就变得很害怕。她不再进森林捡拾柴木，不再进森林采摘售卖的草药。

很多年过去了，奥卢罗尼比再也没见过伊罗科。

然而，每次奥卢罗尼比村子里的人进入森林，伊罗科都会问起她。

"奥卢罗尼比怎么样了？"伊罗科会问。

"明天她就去丈夫家里了。事实上，我捡拾的这些树枝就是用在婚礼上的柴木。"

"奥卢罗尼比怎么样？"伊罗科会问，"她在丈夫家里过得开心吗？"

"奥卢罗尼比太幸运了，她嫁给了世界上最好的男人。现在她已经怀孕。她非常幸福。我只愿自己能像奥卢罗尼比那般幸运。为什么我会嫁给一个像我丈夫那么笨的人呢？"

"奥卢罗尼比怎么样了？"伊罗科会问。

"您没听说吗？她刚刚生下一个小女孩。他们给孩子取名阿彭比波。"

"阿彭比波怎么样了？"伊罗科会问。

"她是村子里最漂亮的孩子。皮肤光洁无瑕。我从没见过像这样的肌肤。你都不需要问她是不是奥卢罗尼比的女儿，她从头到脚长得跟她母亲一模一样。如果我女儿能长得这么美丽的话，我将是多么幸运啊！"

在阿彭比波长大的过程中，她被警告永远不要进入森林。每天早上，奥卢罗尼比都会警告自己的孩子永远不要靠近森林。

可有一天，阿彭比波和朋友玩的时候，朋友们决定要进入森林。

"跟我们一起来吧。"他们同阿彭比波说。

"我妈咪说我绝不能进入那片森林。"阿彭比波说。
"可那里有长着美味果实的漂亮树木啊。"
"我妈咪说我不能去那儿。"
"为什么?"他们问。
"我不知道。"
其他孩子笑了:"所以说你从没见过森林。"
"没有。"
"一次也没有?"
"没有。"阿彭比波说。
其他孩子笑个不停:"所以你从没见过森林的样子?"
"没有。"
"你从没见过小鹿?"
"没有。"
"你从没见过那棵特别高大的伊罗科树,众树之王?"
"没有。"
"那么你真没见过世面啊,你真是什么都不知道。你这一生就没见过什么。"他们说。
"再见,"其他孩子说,"我们要去森林了。我们要找些树枝,吃些美味果实。我们要去向众树之王伊罗科问好。"
孩子们进入森林,那是大家最后一次见到阿彭比波。其他孩子拿着树枝回到村庄。他们甚至没有注意到阿彭比波没跟他们一起,直到奥卢罗尼比出来问道:"我女儿呢?"他们找遍了村子,可没人能找到阿彭比波。唯一没有找的地方就剩森林了。
当奥卢罗尼比来到森林里,伊罗科拒绝跟她说话,一个字都不说。奥卢罗尼比再三恳求,可伊罗科还是一言不发。奥卢罗尼比再也没见过自己的孩子,而自此之后,树木便不再与人类说话。

我们行事的缘由并非总是别人记住的那些原因。有时候我想,我们之所以生孩子,是希望我们死后,留下他们,让他们向世人解释我们是怎样的人。如果曾经真的有过奥卢罗尼比这个人,我认为她在失去阿彭比波后,没有再生孩子。我想,若她曾留下子女,他们会告诉世人自己的母亲到底是个怎样的人,人们记忆中的奥卢罗尼比才会与她本人相称,那么这个在她离世后还长存于世的故事就不会对她这般残忍。我给奥莱蜜德讲了几个故事,希望有一天她也会向世人讲述关于我的故事。

18

　　一个母亲必须很警觉，必须既有能力又心甘情愿夜里起来十次喂宝宝。在断断续续的起夜之后，第二天早上她还必须把一切看得清清楚楚，以便能注意到宝宝的任何变化。一个母亲不允许视线模糊。她必须注意到宝宝的哭声是不是太大了或者太小了。她必须知道孩子的体温升了还是降了。一个母亲绝不能忽略任何迹象。

　　我仍旧确定：自己忽视了重要的迹象。

　　奥莱蜜德一生下来，我就决定要给她至少一年时间的母乳喂养。我忽略重要迹象的那个早晨，我还有很长的路要走呢。当时她只有五个月大。那天早晨我觉得很困，因为夜里我起来好几次喂她。一大早，我冲了个澡，给奥莱蜜德洗澡，摇她入睡，把她放到小床里。然后我爬上床睡了几个小时，满心想着，这段时间里，她随时都会用哭声将我唤醒。

　　大约中午一点，我醒来，发现奥莱蜜德还在小床上睡着，心里舒了一口气。我下楼吃了点东西，在厨房待了半个小时左右。吃完之后，我回到楼上，想着会发现女儿醒了。她睡醒的时候并不总是哭，有时候她会躺在小床上，咿呀说话，自己逗自己玩。

当我俯身去看她的时候，奥莱蜜德有点不同寻常，她似乎一动不动。过了那么一会儿的工夫，我才意识到她没有在呼吸。我把她抱起来，尖声叫着她的名字。我摇晃她，试图去检查她的心跳。我抱着她一边尖叫，一边跑下楼。我在客厅里冲来冲去寻找车钥匙。我可能花了好几分钟找钥匙，可感觉就像花了一年的时间。当检查完所有家具的表面，把椅子上的靠垫踢掉，我在房间中央站了一会儿，将软塌塌的宝宝紧紧搂在胸前。

我记得自己拿起电话，给埃金的办公室打过去。我知道自己跟他说了话，可我不记得自己说了什么。我只记得放下电话，离开房间，跑出小区，奔到街上，在那里挥手拦截了一辆出租车，去了医院。

19

我到的时候,叶吉德正坐在走廊上。她没坐在长凳上,而是瘫坐在水泥地上。我一走出医院停车区,就能看到她。一开始,我不确定是她,因为她脚上没有穿鞋。当我看到她光着脚的时候,就知道出大问题了。

我来到她身边蹲下,手臂环抱她的肩头,甚至向我认识的护士打了声招呼。

"起来吧,"我说,"我确定她没事。医生说什么了吗?"

我以为奥莱蜜德已被收入院,想着在我来之前,他们会找出问题所在,并且告诉叶吉德最新的进展情况。

"我需要支付什么费用吗?叶吉德,请站起来。没必要坐在地上。放松,她会没事的。你知道孩子恢复力很强。来吧,站起来。"

她张着嘴巴,睁大眼睛,抬眼望着我。

"叶吉德?"

她眨了眨眼,吞咽了一下。

我轻轻摇了摇她,因为我看得出来她的神志还没恢复过来。她的头发很乱,所以我抬起手,将她的发丝往后拨。

"他们说发生什么事了吗?你跟医生说上话了吗?"

"他们把奥莱蜜德送去太平间了。"

我的手从她肩上滑落下来,我跪倒在她身旁。"你说'太平间'是什么意思?"我说。

"对不起。"叶吉德双手抱住头说,仿佛忽然之间她的脑袋变得特别重,她那纤细的脖子根本支撑不起来。"埃金,很抱歉,我没有花太长时间。我只是饿了。我只是要弄点吃的。我不知道,我真的很抱歉。"

"不。"我说着,很清楚自己并没理解她说的话。她将奥莱蜜德和太平间相提并论毫无道理。"等一下,等一下。请冷静下来。奥莱蜜德,奥莱蜜德在哪里?"

她双手抓着头发,拍打自己的脑袋,然后张开双臂:"他们把她送去太平间了,埃金。他们说她死了。他们说我女儿死了。他们说奥莱蜜德死了。他们说……"

我站起来,用手背擦了擦眼睛,因为我觉得自己看到的一切似乎都是倾斜的。我沿着走廊走下去,远离叶吉德,直到听不见她的声音才停下来,然后转过身看向她。叶吉德在不停地拍打脑袋,她没有流泪,也没有尖叫,只是不停地打自己,胸脯、大腿和脸庞。

我不知道自己在走廊尽头站了多久,我只是望着她,想通过某种方式让自己承认这个事实:在我和叶吉德费尽心机得到一个孩子之后,我们竟然在毫无征兆的情况下,失去了奥莱蜜德。我从未想过世界会如此遽然改变。我意识到其他人在走廊里走来走去:我听到高跟鞋踩踏地面的声响,还有人们说话的声音,感觉到有人在我身边经过。可我觉得自己孑然一身，就好像叶吉德一说出这句话——他们把奥莱蜜德送去太平间了——我就被传送到了一个没有人类生命的星球。

最后，我回到叶吉德身边，当她站起来的时候，握住她的手，领着她向汽车走去，扶她坐到副驾驶座上。

我还是不知道自己从哪里来的勇气，胆敢走进急诊室。我只知道自己站在当班的护士长面前。

"我是埃金·阿加衣，"我说，"我女儿几个小时前被送进来——奥莱蜜德。"

她把我带离诊室，进入一个小隔间，拿把椅子让我坐下，同时打开几个抽屉。她把一些文件摆在我面前，问我在签字前要不要看一下尸体。我花了好几分钟才意识到她所说的"尸体"是指奥莱蜜德。我摇摇头，因为我说不出话来，然后开始在文件上签字。文件内容我一个字都没读，只是找到每页的签字格，签上名字。

当我起身要离开的时候，护士长向我表示哀悼，同时向我保证医生已经尽力，可宝宝到医院的时候就已经死了。我跟她握手，说谢谢她，告诉她我感谢他们的努力。

当我回到车里，叶吉德还像块石头似的一动不动地坐着，只有在她眨眼的时候才能确切地看出她还活着。我本该说点安慰的话，跟她说点什么来减轻她的痛苦。以前上门悼念的时候，我都做过，向失去配偶或亲属的同事说过，找到措辞来告诉他们一切悲伤终将过去。

我把车钥匙插入打火孔，抓住方向盘，通过挡风玻璃看着阳光明媚的停车场里来来往往的人，仿佛这只是另一个平淡无奇的日子。我绞尽脑汁想对妻子说点什么，哪怕是找出足够的词串成一两个句子。因为我想让自己的话产生最大的冲击力，抚慰我无法完全理解的悲痛,我转身看着叶吉德的眼睛。

然后我注意到叶吉德那件绿色上衣前襟的母乳痕迹。我能看出她没有穿胸衣,那块乳渍就在她的右边乳头前。那是一块新鲜的乳渍,小小的,像婴儿小手那般大,奥莱蜜德的手。我把自己想要说的话完全忘了。当我望着奶迹往下洇开,心里意识到我们脚下的土地已经被抽走,我们悬在半空中,我说的话无法阻止我们坠入那个在我们下方张开的深渊。

20

　　妈咪说奥莱蜜德是个坏宝宝，是个邪恶的女孩，是她自己选择去死的。当她说出这话的时候，我几乎要扇她一巴掌。那是她安慰我的方式，想要说服我：我的奥莱蜜德是自己想去死，任何一个母亲都无能为力。这话没用，她知道。我忍不住一直想着我的宝宝，她的肤色永远凝固在淡黄色，永远不可能衬上耳朵的颜色。

　　家里的客厅挤满面孔朝下的哀悼者，我对此无动于衷。令我大为触动、让我心里沉甸甸的是他们的静默，除却表示安慰鼓励的轻声细语外，这些哀悼者几乎一片沉寂。假若我的奥莱蜜德长大成人，假若她能在死前结婚生子，假若死去的是我或埃金，这些哀悼者会坦然哀号，而不是咬紧嘴唇，摇着头，叫我忘却，因为很快就会有另一个孩子。

　　让我内心沉重的是没有一个人哀号或尖叫。大家井然有序。没有混乱，没有椅子餐具碰撞的声音，没人在地上打滚，没人撕扯头发，甚至妈咪都没有手足无措。没人失言。他们都知道该说什么：别担心,你们很快就会有另一个孩子。

桌上没有装框的照片,也没有压在相框下的悼念签到簿。

仿佛没有人思念她。没有人为奥莱蜜德的离世感到难过。他们为我失去孩子而难过,而不是为她的离世而难过。似乎她的离去其实无关紧要——她其实无关紧要,因为她在这个世界只待了那么短的时间。有人会认为我们失去的是一只爱犬。让我内心沉重的是看到人们如此平静,仿佛失去得并不多。从这一大群过于平静的哀悼者传来的声音叫我想象一下:倘若这事发生在晚些时候,在她毕业之前,在她结婚之前,那多可怕啊。这个时候,我希望自己可以哀号、尖叫、在地上打滚,把她应得的哀悼给她。可我不能。我心里能做出此等事情的那部分自我已经进了停尸房的冰柜,陪在奥莱蜜德身边,为我忽略的所有迹象而求她原谅。

葬礼是在五天后举行的。我和埃金不能参加葬礼,我们永远都不能知道下葬的地点。婆婆提醒我不能缠着任何人打听所选的地点。她悄悄对我说:"你绝不能看到她的坟墓,因为那样的话,你的眼睛会看到恶魔,那样的话,你会经历发生在父母身上最糟糕的事情,那就是知道孩子的埋骨之地。"

对于婆婆的话,我没有做出回应。我整个上午都躺在客厅的沙发上,一动不动,等待他们将她的小棺木放进墓穴的那一刻。我确定如果我躺着不动,就能知道那个地点。我一动不动地躺着,望着大钟,直到它变得模糊起来。时间在恍惚间流逝。我模糊地记得埃金拿起车钥匙,跟我说了几句话。我一直在沙发上躺着,直至意识到时间已是下午两点。中午十二点,葬礼就该结束了。一整天,我什么感觉都没有。尽管我小心又小心,可还是不够警惕。然后我尖叫起来,撕心裂肺的短促叫声让我咳嗽起来。这一声,虽然我很想忍着,可实在忍不住。哪怕这一刻我还是没有流泪,一滴都没有。

妈咪即刻来到我身边,用手指滑过我的头皮。"不知不觉中你还会怀上孩子。你会康复的,你会明白的。"她说着,仿佛我只是得了感冒,只需要休息一会儿,就会好转。我真希望死去的是她而不是我的孩子。我转身离开,没有告诉她我已经怀孕。痛苦的围墙将我团团围住,我想把它推开,但这堵墙是由混凝土和钢铁铸造而成的。而我只是可怜的血肉之躯。

*

埃金先是对我暗示、建议、劝哄,最后坚定地要求:你要回到沙龙,全天工作。我还没有告诉他我怀孕了。

实际上,我从没告诉他。当我的肚子变得很大,无法再被忽视时,他靠在厨房的门框上问我:"你怀孕了?"

我从架子上取下一把刀。

"又怀孕了?"埃金追问了一句,仿佛他刚刚才记起来我之前怀过孕。

我切着水草,手里的刀子抓得那么紧,胳膊上每条肌肉都绷着,就好像在切硬邦邦的山药似的。

"叶吉德?"

我把刀扎进木砧板,转身面对这个身为我丈夫的男人。我用双手捂着凸起的肚子:"你认为呢,埃金?告诉我,你认为在我肚子里的是什么?"

"为什么你就不能直接回答我的问题?"

"你认为我在肚子上绑了个葫芦吗?你这个男人,这就是你心里想的？"

他擦了一下眉毛，移开目光，把视线定在我头顶上方某个点。我转身背对他。

他清了清嗓子："所以说，你怀孕了？"

还是这个问题。这个男人认为我脑子坏掉了，以至于在自己肚子上绑个葫芦。这就是他不停问这个问题的原因：他无法相信。天气很热，我身上只穿着一件到大腿中部的大T恤。他想要检查我的肚子吗？也许就为确认一下，要把肉切开一点点？我从砧板撬起刀，双手垂到身侧。我点点头："是的。"

他发出一个我不大能搞懂的声音，听起来像是祝贺，又像是被噎住或强忍抽泣。我凝视着厨房的窗户，钢刀冷冰冰地贴着我裸露的大腿。

过了一会儿，他说："对于那个孩子的死，我很抱歉。"

"她的名字是奥莱蜜德。"我尖叫起来。我转身面对他，正准备向他嚷出我们为女儿准备好的其他二十个名字，但门廊空了，他已经走了。

*

我回去工作的第一天，就让其中一个女孩将我的头发剪掉。她拒绝，瞪着我，就好像我让她把我的头给砍下来似的。所有的女孩都拒绝去碰剪刀，甚至连博卢妈也推辞。

"可你又怀孕了呀。"她说。

我自己剪下发丝，留下一头像狗啃似的短发。顾客们看起来一脸惊恐。哪怕说是埃金去世了，她们也不会像看到我把头发剪掉这般震惊。为什么此刻她们如此这般盯着我看,仿佛我失了理智?

那天,我的车被送去保养了,所以关闭沙龙后,我拖着疲惫的身子回家。我的脚如注铅般沉重。我不想回家面对那张小床,它还放在我和埃金的床边。

我到家的时候,埃金已经回来了。他正在餐桌上工作。他把几十张白纸摊开,正在计算器上摁数字。

"你的头发怎么了?"他将计算器推到一边问道。

"回家的路上被小鸟啃掉了。否则还能怎样?"

他继续回到摁数字的工作中。

我背对餐桌坐到扶手椅上。

"你想要剪多短?"埃金问。

"贴着头皮。"我一边说着,一边试着用大脚趾将地毯上的蜡滴弄掉,地毯好几周没扫过了,上面有几块污渍。

忽然间,我感觉到埃金的手落到我头上。他用手指滑过我狗啃似的发丝,然后我听到清脆的剪刀声,绺绺秀发落到脸上,当发丝碰到我脸上默默滑落的泪水,便黏在我的皮肤上。发丝刺痛了我的肌肤,可我并没有把它们从脸上蹭掉。我会让它们一整晚都留在脸上,让我的皮肤发痒,一直痒到脸颊像被生山药擦拭过似的。

埃金弄完之后说了句:"去冲洗一下。"

我站不起来。抽泣让我胸中发紧,让我无法呼吸。

埃金跪到我身边,把头放到我的肚子上,一只手拽着我的衣服,另一只手还拿着剪刀,软软地挂在扶手椅边上。他永远不会承认,可那天我感觉到了他的泪水,它们让我的衣服贴着我的肚子,证实了我的悲哀。我把头往后仰,大哭起来。我诅咒。我尖叫。我恸哭。我向女儿道歉,恳求她原谅我的粗心,请求她,无论在哪里,都要倾听我的心声。我整晚都在哭泣，使劲地哭。我抱着头，企图将痛楚哭出来。我一直睡到第二天晚上。我没有梦到死去的婴儿在地下腐烂分解——我根本就没做梦。醒后大约六小时，我认为泪水已将我的悲痛和愧疚冲洗掉了。那时我并不知道，这是不可能的。

21

塞桑是在星期三出生的。羊水破的时候,我正在上班,是博卢妈开车把我送去医院的。她丈夫刚买了一辆二手车,她终于接手了他那辆老马自达,正在学习开车。她的驾车经验仅限往返于家与沙龙之间,可她拒绝在车前牌照或车身任何地方贴上红色的"实习"标志。我坐在前排座椅上,想着在宫缩间歇给她指点一下驾车技巧。我本可乘坐出租车,可我还是让她驾车送我到医院。也许是因为在某种程度上我相信:为了发生在我女儿身上的事,我应该受点惩罚。

出席塞桑取名仪式的人不多。大家聚在我们家客厅里举行仪式。客人们坐在我们从邻居家借来的餐桌椅上,享用五色饭①,仪式结束一个小时之后,便回家去了。妈咪甚至都没来。她的女儿阿丽诺拉正住在埃努古州,当时也刚生了个孩子。在我生下塞桑一周前,妈咪去了埃努古市。住在拉各斯市或伊费市的亲朋好友都没来。仪式上

---
① 五色饭,尼日利亚传统美食,是使用玉米面(黄色)、木薯面(浅黄色)、豆类面(咖啡色)、蔬菜(绿色)、西红柿(红色)混合在一起烧制而成的糕状或糊状食物。因食材采用五种颜色,所以称为五色饭。

没有现场表演的乐队，室外没有篷布帐篷，没有麦克风，没有主持人，没有舞蹈。

塞桑的中间名是伊格，因为他来到这个世界的时候是脚先出来的。这两只脚是好脚，这一点没人质疑，因为几个星期之后，我儿子的脚已经长得像模像样。就像所有拥有好脚的人一样，自他来到我们家之后，诸多好事接踵而至，降临到我们身上。譬如，埃金以市场价一半的价格买下了四块土地，因为土地的主人债台高筑，不得不变卖所有资产。对于这个可怜人来说，这不是什么好事，可世上好多事，有时候一个人的好运气就是另一个人遭受毁灭的直接结果。

对于塞桑，我非常小心。埃金认为我都神经质了。他警告我：我们的儿子会长大，但无法结婚成家，因为他过于黏我。我不明白，当他的生命完全依赖将嘴巴贴在我胸脯上，塞桑怎会过于黏我呢？在我看来，危险倒是一个孩子不怎么黏自己的母亲，或者根本不黏母亲。我已经做好充分准备，余生要将塞桑的手腕系在我的围裙上，无论到哪儿都带着他。

塞桑是个安静的孩子，只在需要吃的时候才哭，哪怕这个时候，他的哭声也会不时有礼貌地停顿一下。有时候我半夜查看他的情况时，发现他躺在自己的小床上完全醒了，手舞足蹈地在空中嬉戏，享受独处，不需要他人的关注。

我们在伊莫大街买了一栋房子，离我们当时住的小区不远。我们买下它的时候，房子没有围墙，不过，搬进去之前，我们让人修了一道。这道围墙比房顶还高，顶部还盘绕着带刺的铁丝网。武装盗贼在整个国家变得稀松平常，城市各处竖立起一道道围墙，有些比关押犯人的监狱围墙还要高。这时，大多数的居民区均雇用了不止一名治安人员夜里在街头巡逻，为了让居民安心，治安人员会不时鸣枪。白天，盗贼会潜入家中，在受害者回家前，把能拿的东西全部带走。我开始在离家时总把收音机开着，以便给可能到来的盗贼造成一种"家里有人"的印象。据我观察，大多数的人都这样做，在很多家庭里，只要广播电台当天的节目没播完，收音机便无时无刻不在嗡嗡作响。

新家的油漆味还没完全散尽，我的沙龙已经从五台烘发机的规模升级到十台。没过多久，我和埃金存够了钱，为我的沙龙买了一栋两层的楼。尽管塞桑给我们带来这么多好运气，可夜里在睡着之前，我想起的却是奥莱蜜德。早上当我醒来，睁开眼之前，我会看到她：活生生的，一边吮吸，一边凝视着我的眼睛，仿佛是某个很久很久以前便认识我的人。

22

我们搬进新房子不久，多顿失去了在拉各斯市的工作，搬过来和我们住在一起。他从未真正搬进我家，因为从某种意义上讲，一个有四个孩子的已婚男人永远不会搬进另一个家庭，除非他要离开妻子。忽然有一天他出现在我家，然后就不回拉各斯市了。他声称自己需要时间来厘清自己，这样他才能找到另一份工作。

而事情的真相是他失去工作一年之后才来找我们。他用积蓄开了家面包房，可没过几个月，生意失败了。在那之后，他试过去另找工作，不过他能找到的唯一空缺职位只是保安或邮差——他看不上这些职位，因为他拥有MBA（工商管理硕士）学位，觉得做这些工作屈才了。

当他在拉各斯市把最后一双鞋的鞋底走烂之后，就卖掉了自己的车、妻子的车，借了些钱，想要重操面包房的生意。这次，他被人骗了，他说当时的情形令人难堪，没法与人分享。他在把这一切告诉埃金前，先告诉了我。

他到伊莱沙市来躲避债主。甚至在埃金把我们的部分积蓄给他拿去还清债务之后,他也没离开。多顿与我们同住的头几个星期里,肯定喝下了至少三箱本地酿造的"奖杯"淡啤酒。除了从我做的炖肉锅里吃肉,在我丈夫下班回来之前,趁我准备晚饭时,出其不意地称赞我多么性感以外,他几乎什么都不做。

每天他都赞美我,消磨我的耐心,卸去我的防备,直到最后,我才意识到,我本以为自己是钢铁,实际上却不过是胶合板。如果他说我很美丽,我会抗拒他。埃金老把这话挂在嘴边,还带着一丝惊叹,这些年过去,这丝惊叹从未自他的声音中消失。可多顿会赞美我完美的胸,圆润的臀部,勾人的双眼。

有一天,他边喝啤酒边看着我说:"我很喜欢你烧炖菜的样子。"

我当时正走出厨房,刚烧好一锅蔬菜炖肉,是为埃金晚上配饭吃的。

多顿将啤酒瓶摆到脚跟前:"尤其是你在楼上烧菜的时候,你跑下楼来时,乳房一颤一颤的。我一直在想你,想我去阿布扎市中途来访的那个周末。"

我不愿去想那个周末。那是奥莱蜜德出生后约两个月的时候。多顿来了以后,埃金因紧急公务去了拉各斯市。整个周末,多顿和我单独与奥莱蜜德在家。房子不够大,所以我们俩老碰上。星期天,我们正吃着早餐,他伸手过来拨开我脸上的头发,然后摸着我的耳朵,不放手。这次不像第一次那般迅速,不像第一次那般偷偷摸摸,他也没太快结束。我满心都是罪恶感,所以那个周末剩下来的时间里,我都躲着他,我暗自发誓:这种事情永远不会再发生。

"我总在想那个周末。"多顿说。

他说话的时候,我的心跳得更快了。对于生活中的好东西,我都会心怀感激,譬如幸好那天我正穿着的那件带垫文胸。"听着,那不会再发生。"

"别较劲,"他说,"你想要是正常的。"

我一点点挪开,尽管我知道多顿永远都不会设法碰我。我须自己走向他,他永远不会来找我。"你在说什么?"

"你准备好的时候,让我知道。我总是准备好的。"他说着,再次拿起啤酒。

我告诉自己,是啤酒让他如此胆大。他已经半醉,说话都含糊了。他用这种方式说出来——仿佛与他上床只是一场交易,对于我来说是件好事。它有助于我换个角度来看问题,浇灭我肚子里的火焰。

我该告诉他不要再这样跟我说话。他本可以停止,至少如果我威胁他我会告诉埃金,他会停止的。可我不想他停止。我喜欢他的话进入我耳朵让我浑身暖洋洋的感觉。

我没把多顿的这些下流话报告给埃金,从而要求将他赶出我们家,相反,我假装自己对这些话置若罔闻。夜里,当埃金趴在我身侧张着嘴打呼噜的时候,我将这些话在脑海里一遍遍回放,再配上他说话时的沙哑语调。我开始将塞桑送到学校之后找理由赶紧返家。

我的头感觉很重。每向多顿的房门走一步,这份重量便加重一分。这房间曾经属于那个我没生出来的孩子,然后转给了芬米。当我进入房间时,多顿正背对房门坐在地板上撰写申请信。十几个信封散落在地板上,大部分已封好,写好地址。直到这一刻我才知道他在努力找工作。我以为他整天就知道喝啤酒,吃我锅里的肉。埃金告诉我多顿只是在我们家待一段时间,直到他把自己厘清楚。

我很想知道他为什么只跟埃金说自己的宏伟规划,而不把这件事告诉埃金;他似乎每天都在写申请函。我想要悄悄退出房间。感觉就像我撞见他在做私事,如果看着他做这事,我会掉进某种与他的亲密关系中。他抬起眼。现在我没法悄悄退出房间了。他将信封收拾成一摞,可目光一直停在我的脸上。

"有事吗,嫂子?"他问。

"我……没事……嗯……没事。"

他站起来:"出什么事了吗?你到我房里来了。"

"我来……我来这里……那些申请怎么样?有回复了吗?"

他坐到床上,双手抱头,盯着那摞信封。他很安静。我要脱掉上衣暗示一下,还是做点什么来表达"我已经准备好再跟你上床"?我感觉自己很蠢。我为什么进来?我知道怎样勾引男人吗?甚至是一个情愿的男人。我嫁给埃金的时候还是个处女。

"我在工作中被套上欺诈的罪名,这就是我被解雇的原因。这种事会传开——现在没人会雇用我。没人。"他说得很快,仿佛这些话烫着他的舌头。

我希望他独自留在自己的痛苦世界里,什么都不说。我不想知道他隐藏的痛楚或悲伤。我不关心,不想知道。我只想从他身上得到一样东西。

"我没有告诉大哥。请别跟他说。别。"他说。

我点点头。

"我没有参与欺诈。我只是太蠢,批准了一些相关文件。实际上是个女人做的。我和她有私情。"他抬起眼,双眸凄凉,含着哀求之色。

我点点头。他当然与办公室的女子有私情,据他妻子所言,他和街上的每个女人都有私情。

他叹了一口气:"我妻子,她不相信我,认为我把钱藏了起来。她认为某个漂亮妞正等着跟我一起花呢。"他笑起来,"我真希望如此。别告诉埃金哥。请……别……别。也许我该把一切告诉他——"他倒到床上,用手捂着脸,"我完了。我做不了生意。没人会雇用我。我完蛋了。"

"会没事的。"我说,心里希望他闭嘴,希望在他将自己更多的灵魂向我袒露前,我能离开房间。

我挨着他坐到床上:"你有一流的学位。你会找到办法的。"

笑声停了。他沉重的呼吸不时打断这份寂静。"谢谢你。"他说。

我双腿颤抖着离开房间。

*

当我听闻奥卡政变①消息的时候,我和塞桑正要离家去参加圣餐仪式。虽然塞桑刚刚开始走路,但是他走得很稳,坚持要求自己下楼梯,不让我扶。正当我跟在他身后下楼梯时,从收音机里听到关于政变的广播,当时我们会随时开着收音机。我一听到巴班吉达的政权被推翻,就即刻抱起儿子,当他抗议时,我让他安静,然后冲进客厅。

当时还不到早上八点。埃金正在楼上睡觉,多顿正在自己的房间,也许处于宿醉的状态。所以当我聆听广播里重复播放的政变演讲时,只有塞桑和我在一起。在发言人滔滔不绝地指控巴班吉达政府的恶行过程中,我不住地点头,可当他宣布将北方五州驱逐出这个国家时,我是那么震惊,于是决定等待广播再重复播放一遍,只是为了确

---

① 奥卡政变,1990年4月22日,以奥古阿赞·奥卡少校为首的一批尼日利亚南方军人在首都拉各斯市发动军事政变,围攻武装部队最高司令部、武装部队执委会(联邦军政府)和总统巴班吉达将军官邸所在地多丹兵营,企图一举攻占、控制整个尼日利亚的军事指挥和权力中枢,搜捕巴班吉达总统及其他军政要员,以摧毁联邦军政府。

定自己没有听错。

广播电台开始播放军乐，这时我松开头巾，现在没理由去教堂了。我还没来得及把头巾叠好，就停电了。我叹了一口气——可能要过好几个小时或好几天电力才能恢复，再也没人能预测何时来电。

我把塞桑带上楼，想去解开他的领结。埃金醒来时他正哭着表示抗议。

"他怎么了？"

我放开塞桑，他跑开，站到埃金那一侧的床边。

"你不去教堂了？"埃金眯起眼睛，看了一眼墙上的钟说道，"都快九点了。"

"他们推翻了巴班吉达，"我说，"发生了政变。"

埃金从床上蹦起来："真的吗？"

"可他们说的话里有一件事很奇怪。"我走到埃金那一侧，抓住塞桑的手，我解开他的衬衣扣子时，他哭了起来，"他们宣称正把一些北方州驱逐出联邦——索科托州、波诺州、卡诺州——其他的我不记得了，但还有更多。"

"他们真的在这么做吗？"

"我甚至理解不了这一举动。这不可能，对吗？"

电话铃响起，我们俩吓了一跳。我们对此心照不宣：一旦发生政变，电话线通常会整天不通。埃金拿起电话。我听到他这边说的话，据此推测电话那头是他的妹妹。他们说了一会儿，埃金向她保证：他认为城市里不会有问题，我们都很好。他刚把听筒放好，电话几乎又马上响起。这一次是多顿的妻子阿霍克。

埃金挂断阿霍克的电话之后说："她要我们祈祷。拉各斯城里双方正在对峙，他们在家能听到枪声。"

"哦，天啊，孩子们，他们还好吗？"

"还好，可他们很害怕。枪声很刺耳。"埃金用手掌抵住前额，"不过我想他们会没事的。不会有平民伤亡。"

我坐在床上，想象着阿霍克和孩子们蜷缩在房间的角落里。"上帝帮帮他们吧。"

"如果他们现在还在战斗，我想巴班吉达没逃走。"

"你该告诉多顿，阿霍克打来了电话。"

"是的，是的。"他举起塞桑，背着他出了房间。

"厨房里有早餐，"我在他身后喊，"我做了莫伊莫伊①。"

我留在房间，为接下来几天的形势担忧。我越来越希望巴班吉达可以成功掌握政权，并不是因为我喜欢他管理国家的方式，而是因为现状是我们所熟知的。倘若新军官接管国家，真的把北部各州驱逐出去，那么事态很可能在几周之内演化为又一场内战。

埃金大喊了几句，我走出房间，来到楼梯平台。

"你说什么？"

"多顿认为他把那台电晶体收音机带来了，"他说，"他正在房里找呢。"埃金站在客厅中央，而塞桑正坐在他肩头，伸长身子要去够天花板。

我下了楼。既然是多顿，那他就永远找不到收音机和合适的电池。当他终于打开收音机，所有的电台都在播放器乐演奏，说明形势还处于混乱的状态中，没有一家电台有信心恢复正常的广播节目。多顿最终选择了一个貌似在播放古典音乐的电台。

我们一言不发地坐着等消息，四周音乐环绕。忽然间，收音机没

---

① 莫伊莫伊，尼日利亚的传统早餐美食，把芸豆、洋葱、胡椒粉等打成浆，倒入模具中，加入煮熟的鸡蛋碎，烘焙过后就可以吃。还有一些厨师会在里面加入苹果，有种酸酸甜甜的味道，富含蛋白质和纤维，早餐时可配粥或咖啡。

了声,有那么一会儿,我以为是电池没电了,可很快,收音机发出噼里啪啦的静电音,一个声音开始对我们说话:

我,甘地·托拉·兹东中尉,在此向你们保证:异见者已被击溃。我建议所有人保持克制,等候进一步的公告。谢谢。

多顿打了一个电话,跟阿霍克和孩子说了话。然后我们继续收听广播,直到电池的电量耗尽。收音机里传出更多公告、讲话和广播,告诉我们,是的,有流血牺牲,可最终什么都没有改变。

*

现在,博卢妈成了我的房客。我买下那栋楼之后,她还继续开她的沙龙,她的丈夫会在每月的第一天为她支付房租。她几乎没有任何顾客,所以如果没有丈夫的帮助,她绝不可能支付得起房租。然而她拒绝关掉沙龙。

每次我建议她放弃沙龙的时候,她会说:"我不能只坐在家里。让我睡醒,到这里来,直到我找到另一份我能做的工作。"

她还是大部分时间待在我的沙龙里,渐渐地,我认为有把椅子专属于博卢妈,开始劝阻顾客不要坐那把椅子。

当她的女儿们放学归来,就在她的沙龙里吃午餐,做功课。如果女孩们溜达过来,进到我的店里,她每次都用同样的话把她们赶走:去,读你们的书。

孩子们嘟嘟囔囔走到楼道之后,博卢妈会说:"上帝恩典,博卢会成为医生。"

一般来说，博卢和孩子们消失在楼道里的时候，顾客们会说一声："阿门。"可有一天，当博卢妈说出这句话时，有位常客，萨迪亚阿姨，就在店里。萨迪亚阿姨没说"阿门"，相反地，她笑了起来。

"你为什么笑？"博卢妈站起来说，"有什么好笑的？"

我正在给萨迪亚阿姨解开发辫，用刀片将缠在她头发上的丝线割断。她看着镜子，回答博卢妈。

"你那个黄皮肤的女儿？你没看见吗？她已经在变漂亮了。你认为男孩们会放过她吗？"

她说"漂亮"这词的感觉仿佛漂亮是小博卢生成的坏习性，近乎有罪的举止，有一天，她会为此受到公正的惩罚。

博卢妈走过来，站在我身边，双手叉腰。"嗯啊，所以说，假如博卢长得漂亮，就不能读书了？就不能上大学了？"

萨迪亚阿姨对着镜子微笑："等着吧，等到她的胸脯长得像橘子般，充满诱惑，所有男人看到她都会像士兵一样立定不动。很快，她就会怀孕。那时候你就明白我的话是什么意思了。"

"我女儿不会。上帝不允许。"博卢妈向萨迪亚阿姨靠过去，提高声音，"我的女儿会上学。"

我望着萨迪亚阿姨，等着她道歉，或说点话来安抚博卢妈。可她没说话。

最后我拍了拍博卢妈的肩膀说："阿姨啊，没有什么能阻止漂亮女孩面对书本。"我已经为萨迪亚阿姨解开发辫，于是示意一位美发师来给她松开每条玉米穗辫子。

我走到沙龙的角落，塞桑正睡在那里的小床上，我握了一会儿他的手腕，感受他那令人安心的脉搏节奏。

"我只是说难就难在那份诱惑，对吗？哪怕是你，她的母亲，如果不是因为她是个漂亮的尤物,你会把她生下来吗?"萨迪亚阿姨在座椅上转过身,对博卢妈微笑。这是她会说出的最接近道歉的话了。

博卢妈摇摇头:"我的女儿会成为医生。之后,她可以尽情享受所有甜美的东西。"

"好吧,那么在立定不动的士兵得到她之前,她会成为医生。如果他们先得到她,然后她才成为医生,那也不是世界末日。"萨迪亚阿姨笑起来,拍了一下博卢妈的手,"至少,感谢上帝,这不会死人。"

博卢妈也笑了起来:"如果会死人的话,我们早就死了。感谢上帝,碾槌不会弄坏研钵,否则我们又怎能享用美味的山药泥呢?"

她们说话的时候,我变得不舒服。我想起埃金和我最近一次做爱的样子,我想要问萨迪亚阿姨一些问题,她似乎是那种会拍着我的手背直言的人。可我咬紧牙关,因为我不是那种会在沙龙里跟女人们讨论自己房事的人。

这时,美发师已经为萨迪亚阿姨解完发辫。我走向她,拿起梳子给她梳头。

"所以说,你想要个什么样的发型?"我问。

"女士,你的脸色为什么那么难看?对了,你没吃过夜的山药泥吧?"

"别理她——她就是这样皱眉,好像自己是个处女似的。"博卢妈指了指塞桑的小床,"可我们有证据她能做得很好。"

"女士,你想要什么样的发型?"

萨迪亚阿姨盯了我一会儿,嘴角还挂着笑意。在她的目光之下,我觉得有点紧张,担心她会继续口无遮拦。

"好的,"她说,"就编一下,全编到后面,全部编到后面。"

我开始往她的头发上抹润发膏,心中感激她放下这个话题。我将自己想要问的问题抛诸脑后，让她柔软的发丝滑过我的手指。

在我给她的头发分区时，她对着镜子微笑："我了解你这种人。一脸圣女的样子，可一旦关上房门，你就会燃烧起来。"

我咬着下唇，一声不吭。

23

塞桑开始上幼儿园约一个月之后，埃金带他到医院做些常规检查。埃金就会做诸如此类的事情，譬如，每次塞桑过生日买几百只股票；为孩子的学费开了个存款账号，自我们结婚那天起每个月往账号里存钱；每年都为自己做体检和检查牙齿。所以，当我儿子回到家，骄傲地向我展示扎在他手指上取血的那个看不见的针孔时，我并不感到意外。他告诉我尽管医生的针把他扎疼了，可他没哭。我吻了一下那根手指，告诉他他是世界上最勇敢的男孩子。他溜进多顿的房间，继续炫耀。

检查结果出来的时候，埃金正在拉各斯市开一系列会议，需要两周时间。我便到医院去取结果。即使那个时候，我也很讨厌医院。离开那个地方很久之后，鼻孔里还会充斥着消毒水的味道。大多数工作人员穿着令人厌恶的白衣裙、白外套，白得像丧礼的裹尸布。甚至在你最想不到的地方都会有鲜血刺入眼帘。悲痛和丧亲的尖叫声在楼道里回荡。我不想去那里。

我还没坐下，贝罗大夫便问："女士，您丈夫在哪儿？"

"他此时在拉各斯。"我说。

这办公室是个闻着有碘酒味道的小隔间。

"我的确更愿意同他讨论这事。"

"什么？"

"我说我——"

"我知道。这是我儿子，你不把他的检查结果给我吗？你什么意思？"

"好吧，女士，请坐下。"他说，在座位上往后挪了一点，"不过您必须告诉您丈夫，让他来见我。"

"好的。"我说。那时我就明白了，他不会把他知道的一切告诉我。

"所以，女士，关于您的孩子……您了解血红细胞吧？"

我从脑海深处搜索来自生物课上的一些记忆。我忆起有好几次生物老师奥莱雅先生的超大号裤子掉到膝盖上，为枯燥无味的课堂增添了乐趣。而对于血细胞，我一点都想不起来，它们可能是红的、绿的或蓝的。我摇摇头。

"血红细胞将氧气输送到——"

"来吧，大夫，我儿子有什么不对劲？我不需要生物课。此外，我的心跳得那么快，我确定，如果医生不抓紧时间的话，那么在你讲到核心问题前，我会死去。"

"你知道镰状细胞病吗？"

我的心跳停止了。我的脑袋不转了。我体内的每个器官都不工作了。房间里仿佛没了空气。"是的。"

"您儿子得了镰状细胞病。"

"不，"我说，"我的天啊，不。"在接下来的二十四小时里，我一直喃喃地说着这句话。

"我很抱歉。不过情况也不是毫无希望。有些事你必须知道。首先，您要带他来做个全面检查……"

医生的嘴巴不停地动，里面裹着的话在我耳边缓慢流过，而不是滑进我的耳朵。当他闭上嘴，我站起来，离开办公室。我把车钥匙掉到地上好几次才把车门打开。下午两点，我开车穿过马路，到方济会幼小学校去接儿子。

当我领他走出教室，他想要自己走向汽车。我抱着他，把他紧紧压在我身上，直到他大声嚷嚷起来。我搂得更紧了。在开车回家的路上，我不停地瞥眼看他，出现紧急情况的时候就直接将眼睛从马路移到他身上。他正用还有点发颤的舌头跟我说着学校里发生的某件事。这事让他兴奋。他笑着，双手比画着，在空中画着各种形状。在他叽里咕噜说话的同时，还在座椅上蹦来蹦去。我努力去听他说的话，聆听这件让他如此兴奋的事情。可我什么都没听进去。我只能看到他：脏兮兮的指甲，带酒窝的棕脸蛋，黄色的短裤，以及又沾有草渍的衬衫。他是世界上最漂亮的小孩。我真想把他塞回肚子里，保他安然无恙，让他远离医院，远离护士帽和病号服。

"妈咪，怎么了？"塞桑拿起我那串钥匙问。他看起来有点恼怒。

我们进入屋内之后，我说："没事。"

我喂他吃午饭，陪他做功课。我望着他看电视，喂他吃晚饭，给他洗澡。我坐在铺有地毯的地板上，望着他继续看电视，直到他在客厅的沙发上睡着。对于他来说，那个晚上并没有宵禁。

"你为什么在哭？"多顿问。他刚进屋。

我摸了摸脸颊。脸上湿了。我什么时候开始哭的？

"他也要死了。塞桑要死了。"紧张的笑声在我内心涌动。我紧闭嘴巴，将笑声压下去。如果我笑起来，会笑到永远。

多顿赶忙来到我身边，把耳朵贴到塞桑胸膛，然后蹙眉坐到我身边。"他很好。"他的呼吸闻起来有酒精和香烟的味道。

"他得了镰状细胞病，镰状细胞病。"我内心汹涌的情绪决堤，流下泪水。泪水模糊了我的视线，堵塞了我的鼻子。我唯一能听到的声音只有自己的抽泣声。这些声音挡住了塞桑轻柔的呼噜声。我需要听到这些呼噜声。这声音是我的命。我爬到沙发上，聆听它们。可我的抽泣声变得更响了，我的眼睛模糊了。我仅能看到儿子的轮廓。我的抽泣声把塞桑的呼噜声吞掉了，也把我吞掉了。

"没事的。好吧，他没事。"我感觉多顿的手放到我的脖子上，安抚着我，令我平静。

我感觉他的胳膊环住我的腰。我掉下去了，溺毙于自己的抽泣中。

他在这里，拥我入怀，嘴里轻轻说着会没事的。

我亲吻他，将"没事"这词吞下去。我用舌头接着它，把它安然地藏在我体内，藏在奥莱蜜德从我肚脐被剥下去的地方。我要这个词。我得到了。然后我想要更多，需要更多，渴望更多，心如火焚。更多，更多，更多……

他从我身上翻身下去。我爬向沙发，将脸放到儿子身边。他的眼睛闭着。

他看到我们了吗？我怎么能在他面前袒露自己？他看到我们了吗？哦，上帝啊，如果他看到了，求求你，让他认为这是一场梦吧。哦，上帝啊，求求你。求求你。求求你。

我坐在那里，听着儿子的呼噜声，心里厌恶自己变成的这个女人，直到天亮。

24

我受过教育，而且相信教育，教育是金钱能买到的最好的东西，是我能给儿子的最棒的东西。为了让塞桑得到良好的教育，如果需要，我愿意签卖身契。我尊重学位，尊敬获得学位的人。获得的学位越多越好。等到塞桑一足岁，我即刻把他送到城里最好的小学。那是一所天主教学校，会教育他敬畏上帝。

他的病被诊断出来的那天，我让塞桑留在家里，躺在床上，在那儿喂他，给他扇风，就这么望着他。我不在乎我儿子是不是余生都不会算二加二等于四，会不会终生都操着一口带浓重的伊莱沙口音的英文再也无关紧要——他的一些叔叔阿姨就拒绝放弃这种口音，也不在乎他是不是永远都成不了工程师、律师，或像他爸爸那样的会计师。哪怕他余生什么都不干，只是活着，对于我来说便足矣。

那天夜里，多顿把裹布扔给我，然后没告诉我去哪儿便离开了房子。我没有问。当阳光从打开的窗帘悄悄透进来的时候，我用裹布缠好胸，将儿子轻轻拍醒，该是他上学的时间了。那天，我让他去上学,尽管我不想让他离开我的视线。一个母亲不是去做她想做的事情,而是去做对孩子最好的事情。

当我开车送塞桑去学校的时候,放在方向盘上的手颤抖着。我站在停车场里,看着他跑向教室。我儿子甚至都没往我这边看。

我开车兜了个圈,把车停在奥瓦官一旁的法院门口,然后走进公共图书馆。我没有找到任何一本关于镰状细胞的书籍。我读了生物课本。我读了关于血液、红细胞和血红蛋白的书籍。我又反复阅读课本,直到将近下午两点,不得不离开去接塞桑。那天晚上,我没让他独自睡,再次把他安置在我和埃金的房间,让他睡在我身边,这样我就能随时保持警惕,好好地看着他。

周六晚上多顿来找我,通常来说,这样的晚上他该出门去伊莱沙运动俱乐部,用埃金的会员身份喝点酒。他没有敲门,径直走了进来,仿佛他能从房门另一侧看到我正坐在床上,背靠墙壁。那夜之后,我再没见过他。他哥哥还在外地,要几天之后才会回来。

多顿的双眼充满血丝,虹膜在这片血红色中显得格外突出。

"让我们谈一谈。"他站在半开的门边说。

"请走开。"我不想跟他谈。

他坐到我脚边,看起来很难过、很内疚,还有点害怕。他甚至没法与我对视,视线定在我的额头上方,仿佛那是电视屏幕。我从未想过总是夸夸其谈的多顿会懂得愧疚的意义。我早料到他会有点懊悔,毕竟我是他哥哥的妻子。可他嘴角下垂的样子看起来像是一脸羞愧。我从未把羞愧与他联系在一起,他总是嬉皮笑脸,话不着调,还会在大庭广众之下抠鼻子,挠裆下。

"我们的事——"

"不会再发生。"我说。

"我只是……我不知道怎么了……恶魔……埃金……"

这是我第一次听到多顿用这种方式称呼自己的哥哥,只有名字,没有对大哥的敬畏,没有带着"哥"或"大哥"后缀。不是大哥,不是埃金哥——只是埃金,仿佛在这个星期里,不知怎么的,我丈夫和他成了同龄人,或许就在多顿与我躺在客厅地毯上的那一刻。

我倾身向前,抓住他的下巴:"你哥永远都不会知道这事。"

这时,多顿下垂的双唇颤抖着,好像在哭似的。我嗤之以鼻,更加用力地捏他的下巴,直到指甲掐进他的皮肤。"别抖得像筛糠似的,好吧。"

也许是愧疚让他的嘴巴变松了,让他必须为自己的欲望进行辩护,就在我的手碰到他的下巴那一瞬间,他的眼中便闪现出这股欲望;为自己的需要进行辩解,他拼命想把这份赤裸裸的需要咽下去。也许他认为我知晓他要说的事,那个埃金一直瞒着我的秘密。埃金一边小心翼翼地呵护着我越来越强烈的不安全感,一边死死地守住自己的秘密。

虽然我不想相信多顿,可我无法抗拒真相,无法否认他大声说出来的话,我看起来像个傻瓜一样。多顿不停地道歉,我笑着,告诉他没关系。最后,他闭上嘴,像个被谴责的罪犯似的,垂着脑袋退出我的房间。

他的话仿佛重重击中我的脑门——它们让我头晕目眩,无法思考。我喃喃自语,想将他说的句子再次拼凑起来。我努力将这话嵌入我的婚姻画面里,嵌入自第一眼看到埃金起我俩的关系情景里。过往如阴森可怕的家庭相册般打开,翻出一张张熟悉的照片,那些一目了然而我却从未看到的东西如跃眼前。那些我拒绝看到的东西。

25

我是在伊费大学上学期间遇到埃金的,在倒数第二个学年。那晚,我和某个男孩去奥杜杜瓦堂看电影,男孩出钱买了电影票,还给我买了烤肉——看电影的时候吃。那个时候,我几乎每天都跟这个男孩见面。

我是在买票的队伍里看到埃金的,他就在我们前面,和他一起的那个女孩对他说着话,而他正因女孩的话在微笑。他的下唇呈深粉色,在棕色肌肤的衬托下很显眼。我真想摸摸他的嘴唇,看看他是不是涂了口红。有股情愫从我腹部深处的某点升起,在那个夜晚前,我都不知道自己体内有这个地方。

在影厅里,我与他之间只隔一个座位。那个和他一起来的女孩坐在我们俩之间的椅子上,可那个晚上她毫无存在感,只是一层稀薄的空气——甚至她坐的那把椅子似乎也不存在。我能感觉到埃金在我身旁,就好像他挨着我似的。我吃着烤肉,一块接一块啃着辣牛肉,根本没停下来喝那位体贴的约会对象给我买的饮料。

"哇，你好厉害，把辣椒全吃了。我的嘴巴现在都要冒火了。"和我约会的男孩说。

就在灯光熄灭、影片开演的瞬间，我看了他一眼，试着想起他是谁，他干吗在跟我说话。我努力把视线定在屏幕上。然而不可能。我的目光犹如金属受到磁铁吸引般被扯到埃金身上，根本无法抗拒这种吸引力。在银幕发出的微弱光线中，他也在望着我。每次我都把视线移开，生怕自己会溺毙在他目不转睛地注视中。电影结束得太快。我站起身，强迫自己跟在那个与我约会的男孩后面，心里还在努力去想他的名字，我一直低着头，所以无须转头就能偷偷瞥到埃金。

与我约会的男孩要到阶梯教室上晚自习。我向他保证他无须陪我回宿舍。于是他向艺术学院走，而我则往莫雷米楼走。

埃金跟在我身后。等我一踏上人行道，就感觉到他的手握住了我的手臂。

"你要我带你吗？"他问。

"你想背我？"

他笑起来："那就太棒了。我的车就停在楼前。我可以开过来，或者我们一起走过去取车。不过，如果你更愿意让我背你，那我的后背就是你的了。"

"不用，谢谢你。"虽然我整晚都在对他想入非非，可我的脑子还没从嘴里掉出来。此时已过午夜，他有可能是个绑匪。

"我是埃金耶勒，大家都叫我埃金。"他说。

不知怎的，我的双脚像生了根似的。"叶吉德。"

他擦了擦眉毛："叶——吉——德，很可爱的名字。"

忽然间，我一下子只能吐出一个词："谢谢。"

"所以说，你注意到我因你而看不成电影了？"

"你想让我给你退钱?""啊!我简直语无伦次。

他笑了:"我不介意,我不要钱,我想要你的房间号码。我想再次见到你,拜访你。"

"你会和你的女朋友一起来吗?"

"我的?哦,老天爷。她曾经是我女朋友,不过现在结束了。"

我低下头,把笑意藏起来:"从什么时候开始?"

"从我看到你开始。今晚。"

"老天爷知道吗?"

他挠了一下鼻尖:"他很快就会知道。"

"莫雷米楼F101室,我的房间号码。"这些话不由自主地从我嘴里吐出来。

他双手擦掌,笑了起来。"跟我一起去取车吧。"他说。

我跟着他走向他的车,那是一辆大众"甲壳虫",婚后便成了我的。他打开车门,让我坐进去。

他坐进车里时说:"你知道人们是怎么说给妻子开门的约鲁巴男人的吗?"

"怎么说?"

"当约鲁巴男人为妻子开门的时候,要么妻子是新的,要么车是新的。"

"哦。"我说,像个白痴似的。

"F101。"他一边说着,一边熄灭引擎。我们已经抵达莫雷米楼停车场。

我点点头,努力将视线从他的唇上移开,却做不到。相反地,我觉得自己的双唇张开。车里很安静。我能听到嘴里的呼吸声。他的手碰到我的下巴,抬起我的脸庞,直到我们四目相对。他的眼眸询问着,默默寻求我的许可,这时我本可把他的手拿开。但是我没有。他的力场将我拉近。他的嘴唇碰到我的双唇。

这是我的初吻,当他抽身后退,我已想不起自己的名字或其他任何事情。

"我明天会来看你。"他说。

我恍恍惚惚地下了车,走进莫雷米楼里的楼梯。

第二天他出现了,坐在我床上,身子往后倾,直到脑袋靠到横跨一面墙的木板上。他看起来那么自在,那么舒坦,就好像他每天都会来,像这样靠在我床上似的。我觉得很别扭。他一言不发,只是看着我,唇上笑意盈盈。我特别想用话语来填满每一秒的沉默,这股冲动令我难以承受。沉默于我宛如巨大的宇宙空洞,会将我们都吸进去。这是我的责任,用言语来堵塞这致命的空洞,拯救世界。他没有发问,我便将自己的情况告知于他。他坐起身,倾身向前,认真倾听每一个字。我开始觉得自己仿佛在阐述不朽的真理。

埃金善于倾听。他的眼神、他的耳朵,会让你觉得自己不管说什么,都是重要的,甚至是至关重要的。时间已是晚上十点——太快了,但是他必须跟其他男性来访者一样,离开宿舍。陪他走向汽车的时候,我才意识到他已经在我房里待了四个小时,而除了他的名字之外,我对他还是一无所知。然而,不知怎么的,我觉得自己好像认识他。

后来,我了解到埃金可以轻易让别人对他推心置腹,同时又把自己隐藏得很好。他是那种很多人都会称之为好友的人。虽然其中许多人甚至都不了解他,但是他们永远不知道自己不了解他。我意识到埃金从未真正让别人了解他,这感觉让我觉得自己很特别。

随着我们的关系日渐亲密,他开始成为那个对我滔滔不绝诉说四个小时的人，那时，我觉得自己仿佛被领进最专属的俱乐部——一个只有我和多顿被允许进去的俱乐部。很久以后我才明白：埃金可以在四个小时的滔滔不绝里，什么都没有说，他用这个技巧成功地让我觉得自己成为了他核心里的一分子。

我把自己的计划告诉埃金。自上中学的那天起，我便开始定下这个计划。当时，父亲最心爱的小老婆阿比克妈上下打量我身上的新校服，跟我说没必要上学，因为我最终会像母亲一样，为永远不会娶她的男人怀孩子。其他妻子没说什么，我知道阿比克妈因身为父亲最喜爱的妻子而自觉高人一等，于是便替她们所有人出头，确信如果我决定将她所说的话报告父亲，她也能全身而退。那个时候，我本想在上完中学之后，便到当地一个美发师那里接受训练，成为一位发型师。那一刻，我决定要上大学，要在婚前保守贞节，在新婚之夜把沾有血迹的白布送去给父亲，以做证明。即使在那个时候，这也是只有少数人遵循的传统，可我下定决心，一定要按这个习俗来做，当那一刻来临的时候，就把白布扔到继母们的脸上。在我心里，这个计划就是一个宣言、一个条件，我向任何一个想要跟我在一起的男人摊在桌上的条件，"要么接受，要么放弃"。但是，到了埃金这里，我恳求。尽管在他让我做他女朋友之前，我们只接过几次吻，可我心里明白，我会任由他的粉唇摆布。

他答应要等。

这场等待毫无意义。我们婚礼前不久，父亲去世了。继母们找了个借口，没有出席教堂的婚礼仪式，尽管她们没法摆脱传统婚礼，因为仪式在家族大宅里举行。在教堂接待完婚礼的客人后，我回到家，等着埃金的家人来接我，这时，家里没有人了。没有娘家亲人陪我去伊莱沙市，新婚之夜，没有弟弟妹妹陪着我。仿佛我不仅是个孤儿，而且根本没有亲人。

那天晚上，多顿没有敲门便走进我的房间，把一目了然而我却一直视而不见的事情告诉我，然后像个被谴责的罪犯般垂着脑袋离开之后，我又一次感受到新婚夜的孤苦伶仃。

我把塞桑叫醒。

我说："跟我说说学校的事。"

"到上学的时间了吗，妈咪？"他还处于半睡半醒的状态中。

"不是，我只是想跟你说说话。"我需要听到他的声音，这个完全属于我的人，我的儿子。在某种意义上，我以无法改变、无法替代的方式属于他。我是他的母亲。我了解他。他不会像埃金那样背叛我。他还骗不了我，哪怕他骗了我，我也一直是他的妈咪。

"我想睡觉。"

"坐在这儿。"我把他拉到膝盖上，紧紧抱住。

"告诉我，班上谁是你的朋友？"

"放开我。"他抗议，用出奇大的力气扭动身体，挣脱我。他滚到床的另一侧，沉沉睡去。

孤独像块裹尸布将我团团裹住。

26

　　叶吉德告诉我塞桑得了镰状细胞病的那天，我正在拉各斯市的酒店房间里，就在伊克加区。如果可以的话，我会即刻离开返回伊莱沙市，可接下来的几天里，我还有安排好的商务会议。叶吉德说等我一回到伊莱沙市，贝罗医生就要即刻见我，那一刻我以为他想要讨论治疗方案。因为我对这个病了解得不够多，所以并没有像叶吉德在电话里听起来那般惊慌。我信任现代医学，相信如果我有足够的钱，就能治好塞桑，而我已做好倾我所有的准备。

　　我回到伊莱沙市的那天就去医院与贝罗医生见面。我甚至都没先回家，一回到城里就直接开车去了医院。当我来到他的办公室，他刚从门诊回来。

　　"您不记得我了？"他一边打开办公室门，一边问。

　　我努力回想我们在哪儿见过，可却想不起来。"不记得了。"我说着，跟他进了办公室，坐到他示意的座位上。

　　他脱下白大褂，把它甩到椅背后。"去年我去您的银行借款，您帮了大忙。"他说,"您确定不记得了?"

"对不起,可我真不记得了。"我说。

他卷起衬衫袖子:"没关系,没关系,您夫人告诉我您去拉各斯市了。旅程怎么样?"

"很棒,真的很好。谢谢关心。"

他深吸一口气:"我猜您夫人也跟您说了,塞桑得了镰状细胞病。"

我点点头,等着他告诉我我能做什么,让我了解这个疾病的知识,给我一张必须遵守的事项清单。

"我直切正题吧,先生。我想您需要跟您夫人谈一谈。"他拿下眼镜,开始用手绢擦拭镜片,"我们给您儿子做的基因型检测结果,有些……嗯……不吻合。"

我从椅子上倾身向前,特别想让他继续说下去,有那么一个短暂的时刻,我幻想自叶吉德离开他办公室之后,他在检测结果里发现了一处错误,他将要告诉我我儿子还是健康的。

"那么,让我从解释镰状细胞病的原理开始吧。这是一种遗传性机能紊乱病症,在孩子得病前,父母双方至少需要有一个镰状细胞基因。所以说,譬如,您夫人是AS型基因①,这就意味着她拥有一个镰状细胞基因,可因为只有一个基因,所以她没有得病,而只是个携带者。也就是说,她能把这个基因传给孩子,可只有当另一方家长,父亲,也是携带者,孩子才能得镰状细胞病。所以需要两个AS型基因,或者一个AS型基因和一个SS型基因,才有可能让一个孩子得病。您能理解吗?"

我点点头。

"现在,出现了一个我刚才所说的不吻合。塞桑的检测结果从实

---

①AS型基因,A为无镰状细胞显性基因,S为镰状细胞隐性基因。

验室送过来之后,我查看了您的档案,我发现,您夫人是唯一的AS型基因,先生。您是AA型基因,也就是说,您的孩子永远不会得镰状细胞病。先生,这是我们男人之间的对话,因为我去申请贷款的时候,您帮了大忙。您明白我的意思吗?所以,我可以十分确定地告诉您,塞桑不可能是您的儿子。"

我四肢无力,用手捂住脸庞,调整好表情来应对医生怜悯的注视。

"您是说真的吗?"我说,"您说的话千真万确?您是说那个女人一直在骗我?您是认真的?您说真的?哦,我的上帝!我要杀了她。我向上帝起誓。"我把声音抬高到最高点,拳头砸在医生的桌子上。

"冷静,先生,您需要以男人的方式来处理这事,好吗?请冷静。有个男人样,先生。有个男人样。"

*

我确定,在贝罗医生看来,我似乎已出离愤怒。我按自己的想象来行事,做出一个男人发现儿子不是自己亲骨肉时该有的样子。我用力捶打墙壁,大喊大叫,摔门而去。

可我知道塞桑是我儿子。我爱他。我正在为他规划未来,以他的名义购买股票。我常常想着我给他买第一瓶啤酒的日子。我都快等不及要在运动俱乐部教他打乒乓球。我知道自己是会做这些事的人。没有其他人会去做这些事。有些东西是科学检测显示不出来的,譬如这个事实:亲子关系比捐赠精子更重要。我知道塞桑是我儿子。这是检测结果改变不了的。

另外,我已经知道多顿就是精子的捐赠者。这就是我认为他为我做的——捐赠精子。我知道多顿永远不会承认自己就是塞桑的父亲，这就是为何我最终接受这个事实：我需要另一个人来让我妻子怀孕时，去找他的原因。

我坦白自己的计划后，多顿说："大哥，你在说什么？"

"你只需要一个周末。下个周末，她处于排卵期。"

"那么叶吉德呢？她同意你说的这事？"看起来，他像是要往他家客厅那块绿地毯上吐一地。

"是的。"事实上，我没跟叶吉德讨论过此事，不过我只是想要他同意这个计划，这样我就能去睡觉，忘记这场讨论。

他站起来，走到窗前，凝视着没星星、没街灯的黑夜。我没法看清他的脸，放在桌子中央的蜡烛快要燃尽。

"埃金哥……恕我冒昧，可你说的这事简直是无稽之谈。万一……不。不，我不能这样做。我不会做。这是错误的。"他说这话的时候，转身看着我，同时用手扇着风，就像他焦躁不安之时所做的样子。

我真想笑。多顿？错误？什么鬼话。他会同时与母女两人约会。他拥有一长串女朋友，其中一个还是他那可怜妻子的同事。现在他却跟我说什么错误？

"我不是让你强奸她，该死的。只此一次，让她怀孕，就这样。我跟你说过我的问题了。你要我求你吗？"

"这好恶心。她是你妻子，该死，你妻子。你要我跟自己的嫂子睡觉？我大哥的妻子？不，我做不到，肯定有其他办法。"

"多顿，你是我唯一能找的人。你是我唯一的兄弟。你想让我去找个陌生人吗？"

他拍打了好几下自己的大腿、墙壁、电视机的黑屏幕。他突然进发出来的良知让我感到意外。我原也没想过他会欣然同意，可不知怎么的，我从没想到他会如此举棋不定，如此惊慌失措。可为什么呢？难道他不是多顿了吗？

"所以说，如果这次她怀孕了，你不会想再要一个孩子吗？"

"如果我们安排妥善，每个孩子要一个周末。一视同仁，三个孩子就行了。"

他凝视着我的眼，仔细端详我的脸，猛地坐到椅子上。"你都想好了。你已经考虑这事很长时间了。"他的声音里带着浓浓的谴责之意。

"我是为了她。"

"即便如此，我也不能。也许外人更合适。"

为什么我会把这个故事告诉他？也许我心里多少清楚叶吉德的痛苦可以让他动容，在他依依不舍的拥抱与凝视中，我本能地意识到倘若是我弟弟先遇到她，故事可能会有所不同。也许因为彼时我便知道多顿害怕的是什么，不愿意承认的是什么。对于他来说，和叶吉德在一起永远不只是关乎性爱，因为他心中一直想要她。

我把我去产前保健课堂那天的情形告诉他，向他描述当我想要陪叶吉德走出课堂时她眼中受伤的眼神，还有她死死抓住医院走廊的金属柱子，我要拽她走的时候，她的裹布掉了，她都没有松手去重新系上。我一直讲，直至他能看到身穿安卡拉衬衣和蕾丝衬裙的叶吉德，那块裹布像条被丢弃的蛇皮般躺在她脚下。我告诉他她就这么待着，直到产前保健课结束，孕妇们离开回家，有些孕妇从她身边匆匆而过，有些孕妇快走到她跟前时，转向另一条路。

"她是不是要疯了？"他问。

"她已经开始看心理医生。现在她没事了，不过明天早上睡醒起来她可能会说自己出现孕吐。"

"我做不到!"他站起来,又走回窗户边。

"多顿,我正在跟你说,让你和叶吉德上床,和我美丽的妻子。"我咽了一口唾沫,感觉像是将一只铁拳强吞下去。

弟弟的重心从一只脚移到另一只脚。在我看来,他的臀部戳向窗户的样子仿佛他已在伊莱沙,在我们的卧室里,跟我妻子上床。

"这好恶心。"

"那么你教教我,我怎么办?"

"大哥,叶吉德知道你此刻在这儿吗?"

"她知道我在拉各斯市。多顿,为什么你老不让这场讨论结束呢?这和你约会的那些女孩有区别吗?最多是上五次床,就完事了。"

"只是上床。"他一字一字慢慢地说,仿佛正在通过"说"来检验这话的真实性。

27

不管塞桑有没有被诊断出有问题，埃金还是因为他出现在我们床上而恼火。

"我只想可以随时随地、随心所欲地碰你。这孩子已经大了，他会记住我们做的事。"他说。

我真想当面奚落他。我们做的什么事？

"塞桑的健康是当下最重要的事情，而不是碰我。"我说。

他很郁闷，但我不在乎。我再也不想让他的手落到我身上。他的欺骗正将我剖开，可我没时间处理伤口，或与他当面对质。塞桑需要我，需要我身上能让他活下去的一切。因多顿披露的事跟埃金干架纯粹是浪费精力。

塞桑的病情被诊断出来之后，我浑身涌动肾上腺素，每天都在阅读从医生处借来的影印医学杂志，脑袋里装着的全是血红蛋白和镰状细胞的图像。我学会了怎样用温度计来检测塞桑的体温，还短暂地想过要去接受护士专业训练。唯一阻止我这样去做的是训练安排之外没有时间能真正照顾儿子。我时常从梦里惊醒，大汗淋漓，记不得到底是怎样的梦魇把我从床上推起来。几个月之后，我开始再次呼吸。塞桑还和以前一样健康，仍会倒挂在楼梯栏杆上，仍会无缘无故地在房子里跑来跑去。他在学校也表现得很好，甚至排在了班上第二名。

第一次危机让我忘了呼吸。塞桑从学校回来后告诉我他头痛。我让他服下扑热息痛糖浆，然后让他在客厅的沙发上睡下。当我想叫醒他吃晚饭的时候，他毫无反应。

埃金开车送我们去医院的途中，我从心底向上帝乞怜：求求你，求求你，求求你。我不断地恳求着。我的脑子已经转不动了。汽车一直快速前行。在我心里的某个角落，有个恶魔让我确信：我们正在快速远离医院，而非向它开去。

"再快点，再快点！开啊！你知道我们要去哪儿吗？"我向埃金大喊。

我威胁塞桑："你这个孩子，如果你死了，我就杀了你。"

埃金还没停好车，我已跌跌撞撞地冲下车，奔向最近的那栋楼。

有个护士想从我手里接过塞桑。我死死抱住他，嘴里还在尖叫。

"放开他。"埃金说。

我让护士接过塞桑。当我们想跟着护士去的时候，有个诊室人员挡住我们的去路。我尖声叫喊着，威胁那个女人，倘若我孩子有什么事，我会让她尝到痛苦。我在走廊里走来走去。我独自一人。埃金正在某处填写入院表格。我再次乞求上帝。然后我威胁：倘若你……如果我的……我会……我向你发誓我会。那一刻，我痛恨上帝。我希望自己能看到上帝，将他的心撕开。我对他做过什么？我不该得到一点点幸福吗？我母亲，奥莱蜜德，现在轮到塞桑了。

日子慢慢过去，每一分钟都孕育着希望，每一秒钟都因悲剧而颤抖。妈咪来到医院，整晚坐在我身旁。第二天早上离开前，她提醒我必须坚强，因为我是个母亲。我坐在他的床边，看着、等着、寻找着表明他决定要回到我身边的微弱迹象。可毫无迹象。我怕触碰他，我怕我的触碰会给他压力，会让他坠入未知的世界，离我而去，永远。到了第三天，我跪在地上，用只有我能听到的方式，喃喃为他祈祷：怜悯我吧，请别走。留在我身边。我跑着去卫生间，然后马上回来。我不进食，不洗澡。

第六天，他醒了。我尖叫着呼喊医生，虽然塞桑醒的时候，医生正在巡房查看邻床。

"妈咪好难闻啊。"这是我儿子醒来说的第一句话。我铭记至今。

*

塞桑出院约一周后，妈咪到家里来探望。埃金向她问好，她挥了挥手，我递给她饮料，她摇了摇头。

"他是个阿比库①。"妈咪一坐到椅子上便开口，"自从到医院去看他之后，我一直在想这个孩子的病。"

"这是病，妈咪，这个病有名称，有治疗方法，不是阿比库。"埃金说。

妈咪哼了一声："可以治吗？他们可以把他治好吗？"

"他们可以治。"埃金说。

"他们可以治好吗？不，看吧？你摇头了。那就意味着他是阿比库。我一生中见过很多。这，这个就是。听着，这些孩子，他们在幽

---

① 阿比库，在尼日利亚和西非地区约鲁巴文化中广泛流行的一种关于生命轮回的传统宗教信仰。

灵世界起过誓,会夭折。让我告诉你们,他们与幽灵世界的联系比钢铁还要坚固。你们认为医院能帮你们?我们必须有所行动。"

埃金扶着前额,就好像头疼病要犯了似的:"只是病,妈咪。有治疗方法,跟幽灵毫无干系。"

"所以,你上的是白人的学校,而我不是。但是,你们这种学校的人,我们见多了,足以明白上学不是什么明智的选择,因为你们很多人都愚不可及,就像本来有办法解决的事情,你们非得依赖医院治疗。"

"妈咪,您在说我是个傻瓜吗?"我看得出来埃金的懊恼正在转变为愤怒。

妈咪看了他一眼,那眼神好像是在说她的回答是响亮的"是的",然后转身看着我。

"跟我说说吧,我的女儿。你怎么想的?还有其他路可走的时候,我们该不该袖手旁观,眼睁睁地看着医生去应对他们治愈不了的东西?其他路啊,我的女儿!全世界都知道到集市的路千千万万条,可白人欺骗了你们中的一些人,告诉你们他们的方式是唯一的路。"她停顿一下,然后瞪了一眼正看着天花板的埃金,"有些人蠢到没亲自调查,便去相信他们。上帝保佑他们吧。"

"您爱怎么说,就说吧,妈咪。"埃金说,"我们不会把儿子送到您口中的那些骗子手上。"

"看看这个埃金,他根本不知道怀孕是什么感觉,看他说话的那个样子。我的女儿,别管他啊。你是做主的人,因为你知道下跪分娩是什么感觉。人们说'母亲胜似神明',你以为我们只是简单说说的吗?你当然胜似神明。如今没人会费力去挑战这个说法。塞桑妈,竖起你的耳朵,完整地听听这句谚语吧:母亲胜似神明。因为孩子痛苦的时候,没人能像她那般支持自己的孩子。你儿子的事,应该由你决定,而不是这个要用注射器来治疗阿比库的埃金。"

这时,多顿醉醺醺地进来了:"妈咪!您在这儿!"

塞桑扭着身子从祖母的膝盖上下来。他拉了一下我的衣角:"什么是阿比库?"

"是个游戏。"我说。

"我们能玩阿比库吗?"

"不,这是个坏游戏。"我说。

多顿正唱着童谣绕妈咪转圈:"害……害……害群之马,害……害……害群之马。"

"为什么我儿子像山羊一样在咩咩叫?"妈咪问。

"他在唱歌。一首英文歌。"埃金回答。

妈咪叹了口气,摇摇头。

"我能像青蛙一样跳。我能像青蛙一样跳!"这一次多顿用约鲁巴语唱,妈咪无须翻译了。

"埃金,别这样看着我。管管你弟弟。"

虽然我丈夫没什么新鲜话要说,不过他马上反应过来,将谈话从塞桑的健康转移到多顿的失业上,为此他正在做什么,以及计划要做什么。

多顿像个孩子似的,在客厅里蹦来跳去,哼着不同的童谣。塞桑跟在他身后,和他一起唱。

"谁在花园里?一个漂亮的小姑娘。我能来看她吗?不。不。不!"

多顿在我面前停下来,在他醉醺醺的注视下,他一只手把我从椅子上拽起来,拉向他,另一只手抓住我的乳房。我企图挣脱开,可他不放手。

埃金推了他一下,多顿笑着倒到椅子上。

"啊,这好恶心!"妈咪大喊,同时用一只手摁住左胸,仿佛要阻止心脏从皮肤下蹦出来。

"是酒精作祟。"埃金说。

"我的儿媳啊,请别生气。"妈咪说。

"她没生气。是酒精作祟,对吗?"埃金问我。他的下巴有条肌肉一直在动,似乎正在咬紧牙关。他的双手攥成拳头,血管凸起。虽然他母亲正在对他说话,可他的目光锁在我身上。他正等着我回答,向他保证这真的只是酒精作祟。我坐到椅子上,心里想着他没有权利生气,如果多顿告诉我的事是真的,他就没有。不过,我没有足够的精力去过多关心埃金的感受。塞桑才是最重要的。我仅剩下儿子了。

28

我从方济会学校的医务室把塞桑接出来,值班的一个护士同时也是个修女。她跟我一起去医院。她抱着我儿子,轻轻吟诵我不知道的祷告词。我唯一知道的一段来自《主祷文》:

我们的天父啊,愿众生尊您之名为圣……

她的话很快便淹没在塞桑的呻吟声中。塞桑扭来扭去,仿佛正在设法逃离自己的身体。呻吟声里饱含的痛苦对于这样的一个幼小的身躯来说着实太多了。等到我们穿过马路进入卫斯理公会医院的时候,他的嗓子已经哑了。我快步走进诊室,修女嬷嬷抱着他,跟在我身后。当班护士认出我来,即刻把我们领到一张床前。嬷嬷留下陪着我们,在床脚处祷告:

愿天国降临,愿您的旨意如行于天堂般行于人间,今日,请赐吾等日粮……

我紧紧靠床站着。我想要接住他的声音，吸收声音里难以形容的痛苦。我听过这个声音太多次了，它灼烧着我的心灵，萦绕着我的梦境。他闭着双眼，身体紧紧地蜷成一个球，医生和护士努力想把他的身体打开。他喃喃地叫我："妈——妈。妈——妈。妈——妈。"每个支离破碎的声音都像钉子一样扎进我的心。我拼命想要停止他的痛苦，以任何可能的方式。但我做不到。

并请原宥吾等误入歧途……

"阿加衣太太……阿加衣太太，请抓住他的手。"
我又往床靠近一点。他的手抓住我的手，由于疼痛，他的手劲大得把我的指关节狠狠压在一起。我愿意感受手上的痛，我知道那只是他感到的痛苦的万分之一。我希望通过抓住我，他能将自己的痛苦注入我的体内，从而摆脱这份痛苦。
我记得这次的情形是因为嬷嬷同我们一起去的医院。塞桑已进医院许多次，以至于很难将不同的入院情况区分开来。身穿米色衣服的嬷嬷让这段记忆尤为突出。很快，医生让我和嬷嬷到外面等，于是我们加入亲属行列，他们有的坐着，有的踱着步，他们在阴暗的死亡谷中陪着我们，等待身穿白大褂的人来告知我们命运的安排。
嬷嬷握住我的手，领我走到一张长木凳旁，在我身边坐下。于是我们等待着。嬷嬷在祈祷，而我则在想自己该受多大的谴责。我无法逃避对塞桑得病所感到的愧疚，我甚至都没试过要逃避。在我看来，他的痛苦有一半是我的错，是我让他得病，我把自己的镰状细胞基因传给了他,是我的身体造就了他身体里的这个错误。我没有把自己缩起来,逃避这份绝望;没有将自己藏起来,逃避他的痛苦——我就该承担自己所造成的后果,这样才公平。

我拒绝去想他会死的可能性。我不放弃塞桑,我的心完全系在他身上。我让自己相信他一定会熬过这一切——让他尖叫到喉咙沙哑的疼痛,还有一直在灌入他体内的注射液和止痛片。我一次都没有期盼过死亡让他摆脱痛苦。我唯一祈祷的是他熬过这一切,活下去。医生曾经告诉过我们,有人尽管得了镰状细胞病,但也活了很长时间,度过了完整的一生。就我而言,我儿子没理由不是其中一员。

我让自己相信他会活下去,因为这是他应得的,他想要活下去,他那么勇敢,那么不顾一切地渴求生命。可也是因为我已心知肚明,我无法承受失去另一个孩子——我甚至无法想象这种情形。我知道,如果失去他,我活不下去。

塞桑住院的两周里,嬷嬷每天都来探望他。到了他终于出院的那天,我们离开病区的时候,埃金想抱他,可他一跃而下,蹦蹦跳跳地走在我们前面,冲向汽车。他笑着向前伸出小胳膊,试图抓住一只在他面前翩翩飞舞的红蝴蝶。

29

"阿加衣先生,是阿加衣先生对吧?好,好的,"医生说,"现在他正在接受治疗,过一小时左右您应该可以看到他。当您能见他的时候,我会通知您。请原谅。"

我走回楼道,走回跟叶吉德一直坐着的那张长凳。叶吉德正双手抱着大肚子踱来踱去。

"来,来坐下。不会有问题。"我单手环过她的肩膀,领她走到长凳,"我从卫生间回来的路上碰到了塞桑的一位医生。他说塞桑正在接受治疗。我们应该很快就能见到他。所以,放松些,好吗?"

"感谢上帝。"她叹了一口气,重重靠在我身上,"你离开的时候,孩子又踢我了。"

我把手放到她肚子上。

她轻声笑了一下:"对不起,她已经停了。"

"不公平。"我向她再挪近一点,这样旁边的老者就能坐到我身侧的凳子上,"你要不要回家吃点早饭?我在这儿等着。"

"不,没有儿子,我哪儿都不去。"

"他会好的,别担心。你要吃东西,叶吉德。"我站起身,"我从大门外那些小食品摊上给你弄点吃的吧。你想吃什么?"

"面包吧。"

"我马上回来。"

我和叶吉德夜里醒来发现塞桑疼得直打滚。快凌晨三点,我们赶到医院。当我走出行人通行的医院大门,太阳才刚刚升起。簇拥在大门周围的大部分木质摊位都是空的,我走到伊霍费大街才找到一个女商贩,她卖了两个新鲜面包给我。

那位医生向我们走来时,叶吉德还在吃面包,他走得更近了,我们站起来。

"请跟我来。我想跟你们谈谈。"他说。

叶吉德把面包放在长凳上,我们开始跟着医生沿楼道往前走。

医生停住脚,看了一眼叶吉德的肚子:"不,不。我指的只是您丈夫,女士。请去坐下,我只需要跟他谈,单独。"

"只有他,嗯?你不需要我?"叶吉德说。

"不,夫人。我只需要问您丈夫几个问题。他很快就会回到您身边。"

我和医生沿楼道往前走,叶吉德则拖着脚走向长凳。当我和医生在楼道尽头停下脚步的时候,我还能听到她的脚步声。

"阿加衣先生,我该怎么说这事呢?"他盯着地板足足一分钟的时间。当他抬起头,两眼通红,"这是我第一次在儿科出诊。我去年刚当上医生,并非专攻儿科。当我们努力挽回塞桑生命的时候,高级专科大夫,当班的高级专科大夫,也在现场。不过她又去卫生间了。她的名字是布卢斯医生。我想她可能得了腹泻。也许我们该等她,我很抱歉。"

"你在说什么?"

他用手背擦了擦眼睛,叹了一口气:"我们失去他了。我很抱歉,我们失去他了。"

直到今天,我仍能想起他当时说"他们失去他了"的样子,就好像还有机会让他回来似的,还有机会在隐藏的文件柜里找到他似的。

我回到叶吉德身边。"他好些了。"我说。

"我们什么时候能看到他?"

"还不行。在我们见他之前,他们……他们要再多观察他两个小时。"

叶吉德皱起眉头:"两个小时?他为什么要跟你单独谈?"

"家里有黄麻吗?"

"黄麻?"她挠了挠头,"有的,为什么要黄麻?"

"医生让我们去给他弄点黄麻炖肉来,这样……因为当……它有营养,医生认为能帮到他。亲爱的,我们回家吧。"

"为什么?"

"叶吉德,现在去做黄麻炖肉吧。反正这两个小时我们也见不到他。我们快点去吧,这样他们让我们进去的时候,炖肉就备好了。"

她噘起嘴。当我们走向停车场的时候,她频频回头,往塞桑住的病房看去。

开车回家的路上,我在想以最恰当的方式来告诉她我们的儿子死了。车开出医院之前,我便知道这将是我做过的最艰难的事。

当我把车停在房子前,叶吉德的一只手放在我膝盖上:"从我们离开医院,你便一言不发。出什么事了?那个医生说什么了?"

她一定是从我的眼神里看出来了什么,正当我想编造些含糊不清的话来说时，她打断了我。

"是塞桑，对吗？黄麻是个幌子——你只是想让我离开医院。发生什么事了？"她抓住我的膝盖，"我儿子死了，对吗？"

我没法撒谎，没法说出真相，连说一个字的力气都没有。我只是看着她。

"埃金，塞桑死了，对吗？"

我没法点头。我很虚弱，一点力气都没有。当她用前额抵住仪表板，开始哭泣的时候，我甚至没去抱住她。

*

第二天妈咪来让我同意此事。她快速说了几句慰唁的话，然后挨着叶吉德坐到我们床上。"身上只会出现一些疤痕，"她把声音压低，"还有一点点鞭打的痕迹。"

"妈咪，我说了，不，没有必要。"我简直无法相信她说的话，差点就要跟她说，让她离开我们家。

"我们要确定下一次，当叶吉德有另一个孩子的时候，我们就会明确地知道。"

"我说不。您没听到我说的话吗？"我知道这个传统。她没必要向我解释。人们鞭打阿比库的尸体，这样的话，当他下一次转世出生的时候，新生婴儿身上的疤痕会告诉大家那个死去的孩子又回来折磨他母亲。我不想让我的儿子依照仪式被烙上疤痕，因为我不相信他是某种邪恶的幽灵孩子。我压根儿就不相信阿比库。

"阿比库，阿比库。我一遍遍说呀，说到我的嘴都流血了。可你说，这个老女人知道什么？你是个男人，埃金。只是个男人。你知道什么？告诉我。你怀过孕吗？你曾经抱着孩子，眼睁睁地看着他死去吗？你知道的只有愚蠢的英文。你知道什么？叶吉德，跟我说话，好吗？我需要的是你的许可。他们能做吗？只需一些疤痕，这样我们就会确切地知道。"

"好的。"叶吉德用毯子盖住自己说道。

"叶吉德？胡说什么，你不能让他们这么干。"

"求求你们，我要睡觉。"她说，"走开，你们所有人。请走开。"

30

在我女儿的身上没有切口，没有撕裂，没有伤疤，没有一条来自前世的鞭痕。但他们还是给她取名"罗蒂米"，这个名字暗示她是个阿比库，降临到世上就是为了尽快死亡。罗蒂米——留在我身边，和我在一起。这是我婆婆选的名字，在那之前我一直以为这个名字只会给男孩子。我怀疑妈咪之所以选"罗蒂米"，是因为它可以变化。倘若随后加上正确的前缀，听起来会很正常，这个阿比库名字所宣告的痛苦历史将不复存在。"罗蒂米"可以轻而易举地变成"奥莱罗蒂米"——财富和我在一起。如果拒绝这个名字，那么就绕不过其他名字，譬如，马库——别死，或者库考伊——死亡。我仔细检查了她身体的每一寸，甚至她的手掌和脚底。什么都没有。我凝视着她光洁无瑕的脸颊，心里想着塞桑，他的身体被打过，永远烙上了疤痕。我希望能用指尖擦掉他的疤痕，我曾经用同样的方式把他的眼泪揉进他的肌肤，直到眼泪消失。首先，我必须找到他们埋葬他的地点——如果他们已将他埋葬——如果他的尸体没被简单地遗弃在远离城市的灌木丛里，远离任何一处人类生活的地方。

我永远不可能知道，妈咪不回答任何问题，她对塞桑的事三缄其口。对于她来说，他仿佛就是个噩梦，应该快速忘却，绝对不要提起。埃金和我一样，也不被允许接近塞桑的尸体或葬礼，由于埃金一开始便不同意留疤痕，所以塞桑的尸体被留下疤痕的那天，他没去爱耶叟区。

罗蒂米取名的那天，只有十个人出席了仪式。在仪式开始前，我将金项链取下来，在她脖子上绕了三圈，做成一条多层项链。那个十字吊坠就藏在她的白裙子下。那天，我只为女儿做了这件事。给罗蒂米洗澡穿衣都是我婆婆来做的，甚至我给罗蒂米喂奶的时候，都是妈咪扶着罗蒂米的脖子。虽然妈咪努力表现出很和蔼的样子，可我能感觉到她对我很不耐烦，心存恼怒，仿佛我身在远方，正在哺育塞桑，还在努力让他活着，与那些一直阻挡我看到他的模糊画面做斗争。妈咪是另一幅模糊的画面，一个糟糕的形象，她用手捧着我的脸，手掌慢慢滑过我的脸颊，接住眼泪——只是我并没有哭。我只想睡觉，特别想蜷缩在床上，梦见奥莱蜜德和塞桑。

"为了这个孩子，你必须坚强起来。"她一遍遍地说，直到我用手捂住耳朵。当日她便离开我们家，尽管没有其他孙子孙女需要她帮助照顾。在出门到车上与埃金会合前，她说了一句："她是你的女儿。你自己照顾她吧，你还没死。"她想说的还有更多，她的眼中含着怒气与轻蔑。这双眼睛谴责我悲伤了太长时间，身为这个新生儿的母亲太过脆弱，对死去的人念念不忘。我不在乎她怎么想，不在乎她那双红彤彤的眼睛在对我尖叫，毕竟她只是挡住我视线的另一幅模糊图像而已。看到她离开，我很高兴，直到罗蒂米开始尖叫，我才不得不起床，把她从小床抱起来。假如妈咪在的话，她会做这事。当我做梦的时候,她会摇晃孩子,让她不要发出声音。

我不知道该如何应对这个尖声叫嚷的小女孩,我们每一天、每一刻都在喊她的名字"罗蒂米"——恳求她留在我身边。当她吮吸我的乳头时,我闭上眼睛,小心翼翼地不与她对视。我请了一个女佣每天到家里来洗孩子的东西。我可能会再次失去,这个时候我还不够强壮到去爱,所以我松松地抱着她,心中并没有多少期盼。我确定她也会用某种方式成功地摆脱我的控制,离我而去。在取名仪式上,我给她戴上那条金项链,让她拥有它。只要我们离开家,我就会把项链戴到她的脖子上,十字吊坠放在她的衣服下,紧贴她的肌肤,像个护身符。

*

那件事发生在星期一上午,当时罗蒂米正在睡觉。她老睡觉,熟睡时几乎一动不动。

那天早上,她没有太热,也没有太冷。呼吸很微弱,但是很稳定,有时候她在梦中会咯咯大笑。难道是因为她,事情就这样发生了?因为我想要留在房间和她在一起,没有到楼下多顿的房间?有时候我想倘若我在多顿楼下的房间,就会听到汽车停在屋子前的声音。我会匆匆忙忙穿上衣服,离开他的房间。

可能我一直潜意识里想要事情就这样发生。在我内心,我想要埃金撞见我们。当他撞见我们的时候,我想要看着他的双眼,我想要看着他在某种激动情绪中爆发,那个星期一,我得到了梦寐以求的那一刻。

当埃金走进来撞见我和多顿在一起的那一刻,我即刻生出一种既满足又失望的情愫来。我失望，是因为我还是身不由己地关心他眼中的痛楚。我闭上眼睛，积聚力量，抬起双膝，接纳多顿，我全心全意关注的唯有我的丈夫，以及他眼中看到的。

埃金站在门边，沉默着，一动不动，直到多顿注意到哥哥在房里，便从我身上滚下去，大叫起来。然后埃金转过身，关上门，把钥匙滑进兜里。

他脱下外衣，叠好，放到床上。

此刻，地狱之火蔓过堤岸，蔓延进我们的卧室。

Part 3

我望着这栋我一度称之为"家"的房子,
希望能认出一些人,
至少其中一位我曾经认为是家人的人。
可太远了。我能看到人,却看不到他们的脸,
他们中的任何一个都有可能是你。

31

2008年12月 伊莱沙市

　　我在午夜前抵达伊莱沙市。司机和我从大酒店找到小宾馆,可这个星期五好像全国的人都在伊莱沙市似的。直到爱耶叟区,我们才找到空房间,这是整座城市里我最不想待的区域,因为这里离你父亲的房子那么近。但是我肯定要有睡觉的地方,于是我选择了靓门宾馆的唯一一间空房。我恳求宾馆看守人允许穆萨睡在沙发上,看起来这里以前是客房,可现在作为接待室。

　　我很疲惫,却睡不着。我走出房间,踏入相连的阳台,从这里能看到你父亲的房子,就在街对面,就在柏油路一进入山谷的地方。这很容易就能看出来,因为除了这家宾馆,那是唯一一栋亮灯的房子,多亏了发动机。房子外头停着几辆车,在主街上排成两排。有人在阳台上吃东西。到处都是人。虽然从我站的地方看不到后院,不过我能看到从后院升起的炊烟。此时此刻,我该在那里,小心看管沸腾的炖菜,告诉雇来的厨子把铁板上嗞嗞作响的肉翻过来,免得烧焦,确保他们在凌晨五点开始煮五色饭,六点开始做山药炖肉,这样大家就可以在去教堂参加葬礼前吃点东西。这都是妻子做的事情,我做过好多次,你记得吗?你有没有注意过我有多努力?

为何你邀请我参加这个葬礼?而且,你怎会知道我在哪儿?我以为你已经将我一笔抹去,就像老师用抹布擦去黑板上的旧记录。然后我收到寄来的卡片,上面印着邀请我为埃金耶勒·阿加衣的客人。我望着这栋我一度称之为"家"的房子,希望能认出一些人,至少其中一位我曾经认为是家人的人。可太远了。我能看到人,却看不到他们的脸,他们中的任何一个都有可能是你。屋外还有帐篷,我认为那是守夜的帐篷,今晚便是守灵之夜。我并不打算参加守夜,听着你和你的弟弟妹妹在吟唱赞美诗之间,说着精心编造的关于你死去父亲的谎言。

我能想象你今天晚上肯定会说的那些经过反复思量的话,那些身为长子该说的陈词滥调。你的发言那么感人肺腑,让人想要哭泣。那些不了解你父亲的人想到世界失去这样一位耄耋老者,便会想痛哭一番。你母亲将会一如既往地骄傲。虽然你是第一个发言的,你的弟弟妹妹口才无法与你媲美,哪怕给他们一年时间准备,他们都做不到。我一直站在阳台上,直至你父亲家的灯熄灭,然后回到房间,即刻沉沉睡去。

还不到清晨六点,我便醒了。当我向阳台走去,感到地板很凉,寒气悄悄爬上我的大腿。好像你家没人去睡觉。也许你昨晚锁上伊莫大街的房子,睡在这里。我坐到塑料椅上望着。我不着急去准备,因为我不会出席教堂的仪式。

大约七点的时候,唱赞美诗的歌手带着迷你扩音机抵达。他待在街上,哼唱诗歌,首先开始赞美所有伊莱沙人,然后赞美你父亲的家人。就在嫁你之前,我学会了这首《血统》赞美诗。你母亲把她知道的每一行诗教给我,我如饥似渴地背了下来。她让我早上跪在地上唤醒你,然后吟唱这些赞美你家血统的诗词。我却选择靠在你身上,对着你的耳朵轻声低唱。可不管是早晨,还是任何时候,你都不喜欢听诗歌,倒是塞桑喜欢我的表演。现在,歌手正在称赞你的祖母家族。这些诗词仍旧让我头昏脑涨,诗中所歌唱的人早在我们出生前便已离世。

终于轮到吟唱你父亲的家族血统时,我的眼中盈满泪水。我不知道我是在为自己、为你、为你父亲、为失去的岁月而哭泣,还是因为这位歌手把赞美诗的歌词唱得那么美。唱赞美诗的歌手旁站着一个女人——她的双手举在空中,我能看到她一边哭泣,一边摇摆身体,直到她的裹布滑到地上。她没有把裹布捡起来。当我擦掉泪水时,碰到脸颊的双手冷冰冰的。

你父亲的棺材被搬出屋子时,恸哭声震天。从我坐的位置看过去,棺木是白色的。当抬棺人把棺材抬到肩上那一刻,哭声达到了最高点。人们三三两两地站着,彼此搀扶,仿佛在悲痛的重压下,如果不扶着他人,他们会瘫倒。有个女人的声音刺破这片喧嚣,抵达我的耳朵。"爸爸,真的结束了吗?您真的离开我们了吗?您醒不过来了吗?您不挥手跟我们道别吗?爸爸,爸爸!"

抬棺人开始向灵车迈进,有个吹号手一边吹奏《我们在河里会合好吗》,一边在前方领路。那个唱赞美诗的歌手也继续吟唱。

聚在你家房子前面的那一小群人散开了。许多人爬进停在门前的汽车里。汽车开始缓慢移动,在灵车后面形成一支护送队。一辆中巴车里有个男人肩上扛着摄影机挂在车窗外面,这辆车首先开始加速。灵车紧随其后,车上鸣响的警报器宣告你父亲最终告别街区,他的大部分成年岁月都是在这个街区度过。他再也不会回到这里,仪式过后，他会在伊霍费的教堂墓地下葬。数辆汽车跟在灵车之后，这些亮闪闪的吉普车和越野车属于他的孩子和近亲。我一直等到最后一辆车消失了之后才回到房间。

等到你站在你父亲新挖的墓穴旁，身边围着家人和牧师的时候，我才换上衣服。你会是子女辈里首个把一抔土撒入你父亲坟墓的人。当你们所有人目睹掘墓人开始往坟墓里填土时，恸哭声又会响起，甚至连男人都会流泪。数周都没有对过话的夫妻都会手拉着手。在我父亲的葬礼上，虽然我太过震惊，哭不出来，不过你却眼中噙泪，尽管你没有让任何一滴泪滚落下来。当你快速吸鼻子、眨眼睛的时候，我握住你的手。

埃金，今天，你若默默哭泣，谁会握住你的手呢？

32

自1992年起

多顿第一次与我妻子上床时，我站在卧室门前哭泣。这事发生在一个周六，芬米正在拜访亲戚，我本该在运动俱乐部。我弟弟正在努力让我妻子怀孕的时候，我本可以打打乒乓球，或者喝喝酒。我全都计划好了，这样，等我回到家，多顿已经离开我们的卧室，叶吉德已经穿上衣服，我会装作什么都没发生。

可在去俱乐部的路上，我掉转车头，开车回家，我心中盼望他们正在客厅里，坐在房间的两端，看着电视上的节目。我心里想着，有可能叶吉德不会像我想得那般脆弱，多顿不会像我想得那般容易被劝服，我有机会告诉弟弟我改变主意了。对于这个计划，我不再那般确定，我无法再忍受他的手落到我妻子身上的想法。

客厅里空无一人。

当我站在卧室门前时，我本可掉头，但显然一切已经太晚，不可能再阻止我策动的事。我本该下楼，再次离开。但我发现自己动弹不了，我觉得自己的身体仿佛忽然之间没了骨头，就要瘫倒在地。于是我用双手紧紧握住不锈钢的门把手,用额头抵住门框。当我想到门的另一侧正在发生的事时,泪水开始滑落脸庞。

直到那天为止,我成年后留下的所有泪水全是为了叶吉德。第一次是当她问我,我是否认为她该对她母亲的死负责。"我确定倘若妈咪没有怀我的话,她还会活着。"她说,食指上缠着一条辫子。虽然我不知该说什么,不过我的身体对她眼中的伤心欲绝做出了反应:泪水刺痛了我的眼睛。她眨了眨眼睛,那份绝望就这样消失了。然后,她扬起微笑,让我忘记她刚才说的话。"当然不是我的错,我不要自寻烦恼。"她说着手指放开了发辫。当我用手背擦眼睛的时候,她已经转移了话题。她没有承认我的泪水,而我则感觉自己仿佛刚刚目睹她跟自己的一场争辩。我意识到她并没看我的眼睛,因为她认为我会给她答案——她往我这边看,只是因为我碰巧在那儿。

两周之后,她父亲去世。在他的墓旁,眼前的一幕让我震惊:她的继母们不遗余力地确保没有一个家庭成员站在叶吉德身旁。她们所有人都从坟墓的这一侧挪到另一侧,让我和叶吉德像被驱逐者般独自站在那里。我轻轻推了一下叶吉德,问她我们俩是不是要跟着她的弟弟妹妹和继母们。她微微一笑,告诉我,他们之所以挪过去都是因为她,如果我们到他们那一侧,他们所有人只是简单地再移过来罢了。

在那之前,叶吉德就提过她的继母们以排挤她为乐。可在葬礼那天之前,对于她在这样的家庭长大,支持者唯有她的父亲,会是什么样的感受,我并没有想太多。她父亲,这个男人曾经不止一次告诉叶吉德:叶吉德是婴儿的时候,假如头能小一点,小到她母亲能把她顺利推出产道,来到这个世界,就不会失血过多,那么,他的一生所爱就会永远活下去。我在葬礼上成功忍住没流下泪水并不是为了叶吉德的父亲——在他去世前,我只见过他一次。泪水之所以模糊了我的视线，是为了这个孤独的小女孩，她已长大，成为女人，当这个女人弯腰往自己父亲的棺材上撒下一抔沙土时，我抓住了她的手。

早在我和多顿讨论这事之前，我就知道他会同意与我妻子发生关系。我提前做好了心理准备，认为当这一切最终发生之后，我唯一剩余的感情就是对叶吉德的怜悯。尽管她在我弟弟身边努力扮演好嫂子的角色，可我知道她鄙视多顿，认为他妻子嫁给他很不幸。有一次，她说漏嘴，说她几乎无法相信我们是兄弟。她没有解释这话的意思，不过我知道她是想说她认为我是杰克而他是海德。[①] 我想我之所以怜悯她是因为她所承受的不公，我为她感到难过是因为她不得不在一个她鄙视的男人身上寻求慰藉。我没有想过她会喜欢上多顿的触碰。可那个星期六，我对妻子没感受到任何感情，相反地，我哭泣是因为我感到羞愧、无助、愤怒。我的泪水与叶吉德毫无关系。那天我丝毫不关心她的感受。狂怒像条蟒蛇似的缠着我的喉咙，让我的眼中噙满泪水，让我每呼吸一下，胸中便感到一阵绞痛。

等多顿踏出房间——没有穿衬衫，锁骨周围环绕点点汗珠，像条熔化的项链——我的泪水已经干了。我心中所剩的唯有让我窒息的狂怒。

"她在浴室。"他关上身后的房门说，"你说你要去俱乐部。大哥，你还好吗？"

这时，我转过身，冲下楼，在叶吉德意识到我回家之前开车走了。那天晚上余下的时间，我都在绕着城市开车，快到午夜才回家。

当我进入卧室，叶吉德还醒着。当她走过来双臂抱住我的时候，我记得当时心里生出一种念头：生平第一次想要伤害她，让她感到痛。当我触碰她的头发时，双手颤抖。我一直觉得自己配不上叶吉

[①]《杰克与海德》是英国作家斯芬森的一部经典小说。书中的主角是善良的杰克，他将自己当作实验对象，结果却导致人格分裂，变成夜晚会转为邪恶海德的双重人格。

德，那天当我打开卧室窗户，让一些新鲜空气进来时，心中知道自己永远不可能成为那种配得上她的男人。

第二天晚上，多顿如约而至，上楼回到叶吉德身边。我开车到伊莱沙运动俱乐部，试着喝下鲇鱼辣椒汤。当我回到家，叶吉德躺在床上，蜷缩着，口中喃喃说着我无法理解的话。我脱下衬衫和背心，抱住她，这时她哭着说她多么肯定自己第一次怀孕了。"我觉得他在踢我。"她说。当我亲吻她的脸时，尽管我能想到的只有这天早些时候多顿和她也躺在同一张床上，可我还是成功地让她安下心，告诉她她会真正怀孕的，这只是时间问题而已。

就这样才有了奥莱蜜德——一个周末。我的宏伟计划是得到四个孩子：两个男孩，两个女孩。按计划，每年一次，多顿跟我们过一个周末，让我妻子怀孕，然后返回拉各斯市。我总觉得自己才是发起者，是那个决定何时让他们进房间创造婴儿的人。当罗蒂米被创造出来之后，如再把另一个孩子带到这个世界来，而他或者她有可能经受塞桑所经历的那种痛苦，这样很残酷。于是我告诉多顿我们的安排结束了。

我从未想过有一天我回到家，会发现在没有得到我的许可下，他正进入我妻子的身体。

当我撞见他们俩的时候，自第一个星期六以来一直缠着我喉咙的狂怒再次骚动起来，把我的喉咙缠得更紧了。我与叶吉德四目相对，我觉得羞愧。那双曾经看着我，仿佛我是她的全世界的眼睛现在满怀蔑视地盯着我。她盯着我看的样子，就好像我是只她想碾死的虫子。她一点都没有阻止多顿，只是转过头。我意识到，我以为自己和弟弟只是交换位置一段时间，而事实却是自第一个星期六开始，他就占据了我一眼都没领略的风景。

我等着,直到多顿从她身上滚下来,看到我。他从床上跳下来。我脱下外套,慢慢地叠起,然后把它放到床上。在触手可及之处没有备好的武器,没有碾槌、没有利刃等着我去抓起。我大步迈向多顿,仅持着我真正需要的两件武器——冲天的怒火、攥紧的拳头。

"埃金哥……等一下,等一下,埃金哥……别受恶魔的驱使,大哥……请别……等一下……恶魔之手……"多顿尖叫着,用床单围住他的躯干。

我笑起来,那声音不由自主地从我体内爬出来,刮伤了我的喉咙:"恶魔之手?我?你这个狗杂种。"我击打他的嘴巴、鼻子、耳朵。我感觉到他的皮肤裂开,听到他的骨头断裂,看到血从他的鼻子流出来。我每往多顿的脸上砸下一拳,脑袋里的重击声便加重一分。他一直往后退,直至绊到他用来盖住自己身子的床单。他摔了下去,在此过程中头磕到叶吉德的床头柜,把她的灯撞倒。他仰面倒在地上,床单从他身上滑落。

我跪在他裸露的肚子上下拳——他的脖子、他的胸部以及他想要阻挡我的双手。我的手上沾着血——他的血、我的血。血液渗入地板的毯子上,蔓延成一块状如地图的污渍,永远都洗不掉。

"我信任你!"我从他身上起来,一直踢他的胸部,直到他的胸部下方出现一道深深的流血伤口。他咳出来的血落到地毯上,血和一颗牙齿,那颗牙齿在小小的血泊中闪闪发光。他想要说点什么,然后咳嗽起来,喷出更多的血。

他两腿间仍然潮湿的柔软器官让我怒不可遏。我想到这个器官刚刚所处的位置,满腔的怒火在脑袋里燃烧起来。很多年里,在我清醒的时候,我都要与他和叶吉德在一起的画面做斗争,每当我的脑袋一碰到枕头,这些画面就会拽我坠入噩梦。平日里,我把这些画面锁在牢笼里,不承认它们的存在，可到了夜里，它们便从牢笼里挣脱出来。

我跪倒在多顿分开的双腿间，抓住他那柔软的器官拧了起来。如果我能听到他的尖叫声，那么我的耳朵会聋掉，可我脑袋里的炸裂声阻隔了其他一切声音。

一双柔软的手放到我肩上，将我往后拉。我不停地扭动，扭动。

"看在上帝的分儿上，埃金。请别杀他。"叶吉德跪在我身侧，身上还是赤裸着。

我把手从多顿身上拿开："闭嘴，你这个婊子！"

"我？埃金，我——婊子？你这样说，舌头会烂掉的。"她的声音是愤怒，而非恳求。

我把手伸向倒地的那盏灯，把电源线从插座中猛拽下来。

"你在干吗？"叶吉德的声音因惊恐而变得尖厉起来，"埃金，埃金？"

我双手举起灯。

叶吉德双手抱住我的胸部，企图拉我离开多顿。"埃金？埃金耶勒，我以上帝的名义求你，别受恶魔的驱使。"

多顿企图坐起来，双手捂住眼睛。我用灯击打他的下巴，把他又打倒在地。叶吉德说了话，不过我能听到的只有脑袋中的重击声，以及玻璃炸裂的声音。我用灯罩砸向他的脑门，用玻璃嵌板和低瓦度的灯泡打在他的头皮上，直到他一动不动。

我站起身，怀里抱着台灯剩下的部分。

"你杀了你弟弟，"叶吉德在我身后轻声说，"你谋杀了你母亲的儿子。"

而我希望她说的是真的。

33

在接下来的几周里，叶吉德每天早上都到医院和我弟弟在一起。她不再和我说话。她会把我的早饭留在餐桌上，仿佛是给狗留食，然后把罗蒂米绑到背上，去医院。

我希望多顿死去，希望他根本没有出生。

可这是个谎言。我所希望的是我自己死去，我自己根本没有出生。我把多顿带到家里，邀请他，哄骗他，威胁他，千方百计说服他。当我在计划中考虑不可预见的情况时，漏掉了一些会毁掉计划的因素：镰状细胞，多顿失去工作，以及我的爱与生命在叶吉德离开后乱作一团。

我与多顿打架后的第二天，就在午饭前，妈咪出现在我办公室。她对我的问候置之不理，也没坐下，而是径直绕过桌子，走到我身边，在我的椅子边上俯下身。

"你们俩都曾在我身体里面，"她一边拍打自己的肚子一边大喊，"你们俩都曾吮吸我胸口上的乳房。难道我胸部的乳液不甜美吗？难道邪恶在你心里扎根了？难道我的乳汁是酸的？埃金，回答我。你没有听到我的话吗？你现在聋了吗？"

她那么确定我会解释，我会说些话来帮助她理解发生了什么。我能感觉到此时此刻无论我说什么，她都会听进去，任何事情，然后形成自己的看法，形成自己的道理来解释这一切。她所需要的只是一个答案，任何答案。

我一言不发。

"你想要我的命。"她用两手抓住我的衬衣领子说，"让我明白为什么我自己的儿子要杀掉彼此。我站在这儿，你现在就告诉我！"

我能看到她的心碎了，可我能说什么呢？真相吗？我知道那会要了她的命。这个真相。

她离开时发誓永远不会再同我说话，直到我解释为什么想要杀掉她心爱的儿子。我知道她会信守诺言。我母亲的恨就像她的爱一般猛烈。

我一直工作，直到自己累得几乎无法开车回家。

我跌跌撞撞走进房子时，灯已熄灭，叶吉德已入睡。可罗蒂米还醒着，我一踏进昏暗的房间，她的眼睛就紧紧盯着我。我站在她的床边，听她轻柔的咿咿呀呀，让她的小手指圈起我的拇指。在她眼里，我是全新的，我是被宽恕的，我是毫无污点的。我一直等到她慢慢睡着才爬上床。

虽然我满身疲惫，可却睡不着。我盯着自己的妻子，心里很想知道自己脑海里翻腾的狂怒会不会炙热到让我拿起灯往她的脑袋砸去。我痛恨自己。我一直望着她那张精致的脸庞，将她的每一个容貌特征刻在我的脑海里，直到我睡着，以防我醒来时，她不在了。

接下来的几周里，我一直以为她会离我而去。在我看来，这似乎是唯一剩下可做的事情。

有些夜里,我用手指描着她的嘴唇,对着我们之间的沉默空间轻声地说对不起。

我也为此痛恨自己。

*

多顿出院的那一天叶吉德跟我说话了,那是这一个多月里她第一次跟我说话。她把多顿的住院费单子给我。我写了张支票。那天夜里,她搬出我们的卧室。

"我因为我的孩子留下。若非,若非,若非,嗯……"她让这个没有说出口的威胁像一团乌云般悬在我们中间。

"你这个天杀的……天杀的……让我弟弟背叛我。你是个不忠的妻子。"

我说这话时浑身颤抖,握紧的拳头放在兜里,拼命压抑那股对她沾沾自喜的脸挥拳的冲动,因为若我开始的话,就永远停不下来。"你更愿意这事摆在你面前吗?在你的小心看护之下吗?你是个骗子、背叛者、天底下最大的骗子。"她向我的脚吐口水,然后进到自己的新房间,用力甩上门。

我把心中的狂怒宣泄出来,使劲捶打那扇紧闭的房门,直到皮肤出现瘀伤,开始流血。哪怕这个时候,我都没有停下来。停不下来。

叶吉德没有锁门。没有上锁的嘀嗒声,没有另一侧拧动钥匙的动静。我突然想起来我可以直接拧动门把手,走进去,直面她。问她知道了什么,当他们放荡嬉戏的时候,多顿都把我的什么事告诉了她。我没必要独自站在走廊里,拿拳头对着一扇不会给出答案的木门说话,我抬起手臂,这样就能用衬衫的袖子擦去脸上的汗水。没有泪水。只有汗水。

34

公公邀请我和埃金去开家庭会议，抵达爱耶叟区前我就知道妈咪必定是那个逼他召开这个所谓紧急会议的人。当我们进入客厅，在一张棕色长凳上并排坐下的时候，我把罗蒂米抱在身前，像个盾牌似的。这张凳子很小，这是自埃金撞到多顿和我在一起后，与我第一次并排坐在彼此身边——我们挨得那么近，我能感觉到他的呼吸。我们到的时候，多顿已经在了，坐在他父亲身边。从他出院之后，我就没见过他。

妈咪是第一个开口的人："我的儿子到这儿来解释他们为什么打架，不管他们有何争执，为什么不能带到家里来解决？他们到这儿来解释为什么他们要让家族蒙羞，让我们成为集市上流言蜚语的主角。"

"别，打住。你说的是你，阿莫比。他们是让你蒙羞。在伊莱沙市这个地方，全世界都知道我有好名声。"埃金爸说。

"现在他们又是你儿子了？没用的男人，他们当然是你儿子，因为你从没在他们身上花过一分钱。我支付了学费，买了校服，他们大学毕业的时候,你只是出现拍拍照片。现在他们又成你儿子了?"

"他们不是你儿子吗?难道你是从医院把他们偷来的?"埃金爸用手指戳了一下妈咪的脸,"哈!这就是你现在要告诉我们的,你从病房把他们偷来的,对吗?"他被自己的玩笑逗乐了。

妈咪嗤之以鼻:"可这不是你的错。孩子好比橘子树,正是由于他们,那些棍子和石头才会施加到母亲身上。愚蠢的孩子,你们自己解释——解释啊,把你们口里的话说出来。"她瞪着埃金,然后瞪着我,向我们挥动她那双像超大的爪子似的患关节炎的手。

多顿清了一下嗓子,他的左手还吊着绷带,头上还缠着纱布,一侧的脸上还留着细小的缝合线。

"我们因为钱而打架。"多顿说。

在我身边的埃金叹着气放松身体,我认为那声叹息是松了一口气。我本该认真听多顿正在讲述的故事,并牢记在心。我本该掌握每个细节,随后在家庭聚会上,在捣山药的过程中,亲戚们肯定要问我的,他们会带着一脸的关切,渴望说长道短,我就可以把这些细节再讲一遍。可到了这个时候,我不再关心埃金家族会怎么想。我已经在放下了,尽管当时我还不知道。于是我摇着罗蒂米,拨弄她的项链,用拇指压住她衣服下面那个十字吊坠的边缘。埃金开始说话的时候,我的确认真听了。我惊诧地发现他是多么轻松自如地切入他弟弟的故事,仿佛他们已经一遍一遍练习过这些谎言。

"那些钱不是我的,是我从银行借的。我做了这一切之后,我对他做出所有牺牲之后,多顿怎能赌博输精光了呢?"埃金拍打着膝盖说。

"大哥,我没有赌博,是生意搞砸了。本来挣到的钱足以还清全部贷款的,可好多事出了问题。"多顿说话的时候没往我们这边看,他低着头,似乎盯着铺地板的那块蓝色油毡上的交错图案。

"那不是生意,如果你没那么蠢的话,就会明白他们是骗子,如果真存在能让钱翻倍的生意的话,我们不就全成有钱人了吗?"

"钱是小事。"埃金爸拍着多顿的肩膀说。

埃金和多顿不停地编织谎言丝线,直到他们的故事如真实绳索那般结实。

当儿子们安静下来,我公公说:"你们绝不能因钱财而生隙。你们的血管里流着同样的血。假如你们因金钱生分,你们想要给自己的孩子做怎样的榜样呢?"

妈咪哼了一声,摇了摇头,但她丈夫不理睬她,继续说了下去。

"你们必须和解,相互道歉。"埃金爸坐在椅子上向前倾身,用手比画着,"团结——每个家庭必须团结。你们忘了?一根扫帚枝是没用的,但当你把它们捆在一起,会怎么样?"

"它会打扫屋子,直到屋子干干净净。"埃金说。

"所以你们明白我想说什么吗?"公公说。

多顿用手摸了摸半边布满缝合针的脸庞:"对不起,大哥,别生我的气。我会想办法把钱还给你的。"

埃金咳嗽了一下:"我是受恶魔的驱使,多顿。那份怒气,我不知它从何而来。"

"过去了。"公公转身面对妈咪,"埃金妈,现在你安心了吧?我告诉过你,叶吉德跟这事没有关系。她毫无理由让他俩生隙。你怎会认为她会卷入这种事呢?"

"我所知道的,"妈咪站起身,走过来,站在我和埃金面前,"我所知道的就是这个:那些见不得人的事终有一天会在集市里被议论纷纷。"

我低头看着罗蒂米,看到她把十字吊坠从衣服下弄了出来,现在正在吮吸着它。我将十字吊坠从她嘴里拿出来,小心翼翼以防弄疼她的牙龈。

妈咪探身向我靠过来:"你不能永远掩盖真相,就像没人能用手遮住阳光一样。你不能永远掩盖真相。"

*

每当我走进沙龙,第一件事就是将罗蒂米递给博卢妈。如果罗蒂米哭的话,是博卢妈把她绑在背上。罗蒂米开始爬之后,是博卢妈跟在她身后,在楼道里转悠。她是第一个注意到罗蒂米长出第一颗牙的人,罗蒂米攀着凳子腿站起来的那天,她是那个欢呼雀跃的人。

罗蒂米开始哭的时候,博卢妈把她抱起来说:"你为什么现在要这样做呢?"

"怎么做?"我冲洗了一堆发圈,把它们放进滤器中。

"当我告诉你她站起来的时候,你甚至都没看她。难道不关你的事吗?"她拍着罗蒂米的后背,摇晃着她。我把奶瓶递给博卢妈,里面装着我今天早上挤出来的奶。"也许她饿了。"

"你这个女人,我告诉过你,这孩子长大了,不能只喝母乳。你为什么要这样做呢,就好像你的耳朵被钉起来了一样?罗蒂米,对不起啊,就喝她的奶吧,别管你妈咪,这次就喝它吧。"

罗蒂米开始吮吸奶嘴的时候,终于安静下来,我感激这份安静。太阳正在下山。站了一天,我的膝盖和脚踝都疼了。我伸手拿起手提包,给留下来帮忙打扫的两个女孩零钱。女孩们把包甩上肩头离开后,我坐在烘发机下,放下盖帽,博卢妈还在跟我说话,可从烘发机下面听起来，仿佛她是从一个遥远的地方、另一个房间、另一个世界里说话。当我待在烘发机下面，她说的话似乎没那么重要，它们不需要我去考虑或者做出任何反应。我闭上眼睛，深深地体会着远离一切、独自一人的感觉。

"你什么时候给罗蒂米做鲜鱼泥啊，或者哪怕就是买配方奶粉呢？"

"我很忙。"我一边说，一边把腿跷起来，这样我就能按摩膝盖。

"罗蒂米妈，我的老天爷。你忙得都没时间给自己的孩子买配方奶粉了？若有什么事困扰你的话，让我们聊一聊。把它从你心里去掉，这样你就能照顾你的孩子了。"

"她吃完了吗？我们要在天黑之前回家。"

"现在来把瓶子从她那里拽走。你甚至都没听我在说什么。"她转向孩子，"罗蒂米，你别担心。我很快就会给你买些配方奶粉。别理那个女人，她很快会恢复理智的，我确定。"

我打了个哈欠。

第二天，多顿来到沙龙，当时我正在给一个小女孩编发辫。我叫他坐下等着，因为我从不让学徒美发师碰孩子的头发。我认为她们的头皮太嫩了，不能用来练手。编好发辫后，我慢慢吞吞地给每条辫子间的发线擦上粉色的发油，然后一直等到这个女孩蹦蹦跳跳走出沙龙之后，才走过去坐在多顿的身边。

"你想喝点什么吗？可乐还是芬达？"

"不。"他说，然后叹了一口气，"我是来说再见的。我明天要离开伊莱沙市了，去拉各斯市。"

"哦，好啊。你在拉各斯市找到工作了吗？"

"差不多吧。"

我没有追问，因为我真的不在乎。埃金打伤他之后，我的兴趣只有确定他活着。我心里犹疑：他为何来跟我道别？

"我会想你的。"他说。

然后我看向他的脸——真的看。他头上的绑带拿掉了，露出一大块伤疤，光洁的针痕处永远都不可能再长出头发。他看起来还瘦了一些，脸上带着充满希冀的笑容。我很想知道他是否期待我说我也会想他。

"一路平安。代我问候你的妻子和孩子。"我说。

他看向别处，同时摸了摸头上的疤痕："今天早上我去了埃金的办公室。他让秘书赶我走。"

"埃金哥。"我说，"你没有权利称呼他'埃金'，他不是你的伙伴。"

"等一下，叶吉德。我吗？"他用手指指了一下自己的胸脯，"你在生我的气吗？"

"低声点。"

他摇摇头："你知道，这不是我的错，叶吉德，全是他的主意。"

"多顿，你和你哥哥合谋算计我。"

"听着，叶吉德，我以为你是知道的。"他把一只手放到我膝上，"他说他会把一切都告诉你。"

"现在你该走了，多顿。你能看到我在工作。我没时间来管这一切。"

"我会想你的。"这一次，他轻轻说出这几个字，听起来好像意在传递一些他无法言说的东西。

我把他的手从我膝盖上推开，然后站起来："明天一路平安。"

我从他身边走开，走向一位老妇人，这位妇人一直在围着各位美发师转，但没有坐下来。

"下午好，女士。"我说，"还没人接待您吗？"

"哦，她们接待了，亲爱的。可我告诉她们我等着你。我不想让任何人毁掉我所剩无几的发丝。"

我露出微笑，请她坐到一把椅子上。我从眼角处看到多顿在离开沙龙前，在门口停下来，向博卢妈和罗蒂米问好。我等着面前的女人拿下头巾，心里想多顿反复地说是什么意思。他会想我吗？那个女人的头发一点都不稀疏，而是又密又长，前部分间着丝丝白发。当我的手穿过她的发丝时，我想起来她是谁了。她是个退休的大学校长，每个月会来编一次发辫，总是坚持只用她带来的塑料罐装乳木果黄油。

"我告诉你了吗？"博卢妈走过来站在我身边，"我有没有告诉你我侄女的婚礼？"

"没有。"我一边梳着退休校长的头发，一边说。

"会在明年举行哦，我哥的大女儿要结婚了。难道不是昨天他们才刚生下她吗？天啊！"我从镜子里能看到博卢妈的影像。她把罗蒂米举起来，对着她咧嘴笑，"不知不觉中，我们也会在罗蒂米的婚礼上跳舞啰。"

我确定她对奥莱蜜德和塞桑说过同样的话，我绝不会想象罗蒂米的婚礼。希望是我再也承受不起的奢侈品。

"世事似乎总是如此哦，孩子们眨眼就长大了。"退休的大学校长笑着说，"去年我的小女儿结婚了。我还能记得我发现自己怀上她时的感觉，现在她也快要当妈咪了。"

"恭喜啊，夫人。"我说着，拿起一把木梳。

"谢谢你。"

"婚礼什么时候？"我问博卢妈。

"也许在6月里，他们还没定确切的日子。"

"希望选举不会影响筹备工作。"我的顾客说话间低下头,这样我可以将她的头发均匀地分成四部分。

"这就是为什么他们还等着,没定确切日子的原因。我哥要确定选举进行的准确日期。"

我嘲讽地说:"你们认为会有选举吗?这个一次又一次推迟日期的巴班吉达?"

"过渡,"我的顾客说,"这是过渡。过渡是个过程,并非一蹴而就的事。我们没必要愤世嫉俗。会有挫折,不过我想这些都是能理解的。"

"我啊,我认为这个男人不会有任何改变。选举就是另一个幌子。他们只是在骗我们,那些军人。"

"这次他也要离开了。我告诉你。只要记住我这样说过。至少现在我们有平民州长了,到12月立法会就开始工作。这是一个循序渐进的转型,一步一步来,亲爱的。这是确保变革持续下去的唯一途径。"

我将木梳别在她的一半头发上,开始编另一半。我对所谓的循序渐进过渡毫无信心。顾客显然对整个进程倾注了大量的心血。对于那些日期和统计数据,她脱口而出,就像是整天都在读报的人似的。当她解释为什么联邦军事政府完全有权创建两个党派,并同时对它们予以资助时,我都不禁点头。她的确找到了法子来证明出现这种状况的合理性:政府写下了两党共存的宪法,还为它们设计了党徽。

"听着,"她说,"这并非完美的情况,不过一旦我们进入民主体制,事情就会不同。就让我们先把这个国家带进完全民主的体制中去吧。做到这一点之后,我们就能把其他一切都安排好。"

我放下这个话题,因为我并不十分关心。就我而言,1993年会来了又走,到了年末,我们就会知道政府是否会认真遵守自己的承诺。

我不打算登记投票。

"今年年底，政府会告诉我们何时举行选举，我哥就会决定确切的日子。你，罗蒂米妈，你必须跟我一起去包奇市。"博卢妈说，"不管婚礼在哪天，你都必须跟我一起去哦。"

"包奇市啊？你哥在那儿生活？那可是长途旅行。"

"这就是我现在告诉你的原因啦。开始做好思想准备。"

"好吧，我会考虑的。"我说，"不过我还没答应要去，博卢妈。总之，我会记着这事的。"

"你知道，如果你跟我一起去的话，你可以在包奇市买黄金，到这里来卖。还记得我那个问你卖不卖珠宝的顾客吗？现在你看着我啦，对吧？我就知道现在你对这感兴趣了。我说到生意，你的耳朵就竖起来。我嫂子是做黄金生意的。她可以带你去看所有你能买黄金的地方，谁知道呢？也许可以在这里卖包奇市的黄金呢。"

"这是一个很有趣的想法。"我说着将乳木果黄油抹到了顾客的头皮上。

35

　　星期一下午，秘书琳达进入办公室，递给我一封信。通常来说，我都是在上午读完报纸头条新闻之后查看信件，然后再去跟运营部主任开例会。

　　每天我抵达办公室前，琳达一定会在我桌上放好一个装着信件的文件夹。在我还没来得及问她为什么这封信没有放进文件夹前，琳达说："先生，这是刚到的。"

　　我查看了一下信封，即刻认出这些字母连在一起的笔迹。每张长尾鼠图案上面都盖着四十五分的澳大利亚邮戳。我撕开信封，取出里面装着的一页纸，展开。

　　大哥：

　　你还好吗？你必定已从邮戳知晓我现在在澳大利亚。上星期我刚到这里。请让妈咪知道我安然无恙。

　　首先，让我说声谢谢你，感谢我失业后你为我做的一切。离开前我没有机会谢你。我想让你知道我很感激你做出的所有努力来帮我找到另一份工作,重新站起来。我真的很感激在我失去所拥有的一切之后,你给我提供了遮风避雨的庇护所。

在我离开尼日利亚之前,不管曾经发生过什么,我想让我们将它们全部忘却。你知道,我们不能一直为此争斗。我们是兄弟,我们是血亲。女人可以跟你离婚,但家人不会。我来到你办公室的时候,你甚至没有见我,为此我仍旧感到很意外。我可以谅解在你家发生的事情,你是那么愤怒,所以狠揍了我一顿。我可以忘记这件事,我们俩可以将它抛诸脑后,继续前行。可从在办公室你拒绝见我的情况看来,你似乎想让我们就此决战一回。大哥,你要明白,你不能同我战,你不能同家人战。

叶吉德还跟你在一起吗?如果她离开了,我很难过,因为我知道你爱她。至少,我认为你爱她。你不能把她的离去责怪到我身上。你的婚姻已经有问题了。她是一个那么善解人意的女人,这一点我很确定。我不是有意将所有秘密告诉她。我以为你已经将一切向她坦白,而不是只告诉她部分真相。我只是以为你已经如你承诺的那样,告诉了她真相。

她是一个很容易沟通的女人,很容易去爱的女人。

总之,重要的是我们必须彼此原谅,继续前行。就我而言,我已经原谅你了。

期盼很快收到你的回信。

多顿

我想过把这封信扔进碎纸机里,不过我没有这样做,而是将它撕掉,撕得粉碎。我想知道他有没有告诉叶吉德自己要离开这个国家,叶吉德有没有给他钱买机票。我认识的多顿已经一贫如洗,我想不出在没有我的帮助下,他怎能成功到别的地方去。

虽然多顿的信让我心烦意乱,但是信里回答了一个问题——在我撞到他与我妻子在一起之后,我唯一想问他的问题。从信里我知道他已经愚蠢到跟叶吉德讨论了我的情况。我一直在想她知道了多少,我几乎可以得出结论:多顿已经把我告诉他的秘密向叶吉德坦白。从她表现出来的愤然挑衅的样子,从她搬到另一个房间的举动,从我们不经意间交会的目光,从她看我的眼神,我能感觉得出来。但我一直希望多顿能闭上他的大嘴巴。我推测我们所经历的一切足以让叶吉德生气,我告诉自己这解释了她为何会沉默,她的眼眸里为何会含着蔑视。

在多顿的信没到来之前,我成功地说服自己:如果她知道的话,她会直面与我对质,给我一个解释的机会。不是要听我说什么——我很可能会说出更多谎言,只是因为我还心怀希冀,我总在期盼一切都会改变,那些谎言都不再重要。我仍然一直在看拉各斯大学附属医院的专家,他表达了一些乐观的看法。我听从他的谨慎评判,按这些意见行事,并告诉自己现在随时都有可能出现奇迹。我们找到了正确的组合治疗方案,一切都会好的。希望就是我的鸦片,无法戒掉。不管情况变得多坏,我总有办法相信即使失败,我也一定会赢回来。

多顿的信到来之后的几周里,我感觉房子好像缩水了,感觉它很小,太小了,让我老碰上叶吉德。自从她搬到另一个房间之后,我第一次感到开心,床上只有我一人。我不再吃她留给我的食物,好几天都一直怀疑她会不会计划要毒害我,还没与我对质就对我进行惩罚。

我太过羞愧,不敢对质,并且放弃了这个愿望:自从我第一次见到叶吉德,便下定决心,任何事情都不可能阻止我与她共度余生。我在房子里躲躲闪闪,很早便离家上班,很晚才下班回家。我会独自在房间里度过周末,反复思量每一种选择,回顾推演走过的每一步,问自己是否真的有得选,有些事我是否可以用不同的方式来做。我尚未从多顿的第一封信中完全恢复过来,第二封信就来了。

大哥:

你还好吗?妈咪还好吗?有没有阿丽诺拉和她丈夫的消息?

现在,我在这儿找到了一份工作。我挣钱了。虽然钱少之又少,但是我活下来了。

我知道你收到了我上一封信。为什么不给我写信呢?我怎样才能让你给我写信呢?

大哥,让我试着从你的角度来解释一下。我第一次跟你妻子上床,是为了拯救你的婚姻。为此,我还没收到你的感谢,你这个自以为是的人。那天,当她脱掉衣服的时候,我甚至紧闭双眼。你知道,第一次的时候,我试着去亲她,并不是因为我特别想,而是因为这样做似乎能让这事看起来不那么像强奸。我们做的时候就像家庭录像片里那些人所做的那般,用被单紧紧盖住我们的身体,就好像有人在看着似的。我真的认为你已像你许诺的那样向她坦白了一切。当我第一次跟她谈到这件事时,只是因为你不在家,而她刚刚得知塞桑患有镰状细胞病的消息。我觉得她需要跟人谈谈,仅此而已。我告诉她了吗?当着你和造物主的面,说实话,是的。但是,我把一切告诉她不是要出卖你。我以为她已知晓。大哥，这就是我要说的一切。

阿霍克再婚了，她嫁给了一个少校，他的名字叫加鲁巴，而且他已有三个妻子。她是不是很蠢，我这个前妻，嫁给一个马上就要失去权力的军官？她说孩子们会到我这里来度假。我相信那个将军会支付他们的费用。

给我写信吧。期盼你的来信。

多顿

附言：当你写信的时候，跟我说说总统选举的事。我没法了解到尼日利亚正在发生的事情。我想要知道在发生什么。

我把第二封信投进碎纸机时，心中没有怒气。羞愧让我整颗心装不下其他任何东西，甚至是希望。我不再生我弟弟的气，我已经意识到所有的愤怒都是矫揉造作，那只是我随手抓来抵御羞愧的东西，愤怒比羞愧更容易。

*

是罗蒂米把我从绝望中拯救出来，帮助我找回希望的。一天晚上，我下班回到家，实际上，当时已是深夜——大约深夜两点，我走进房间时，发现罗蒂米正在小床上熟睡。一开始我以为叶吉德搬回了我们的房间，所以我敲了一下浴室的门，没人应答，我慢慢推开门，她并不在里面。

我来到走廊,打开走廊中间叶吉德新房间的门,当我看到她在床上熟睡的时候,稍稍安下心来。我回到房间,心里犹疑叶吉德把罗蒂米的小床推回我们曾经的卧室,是要传递什么信息。我所剩的精力已经不多,没能力好好思索一番。我脱掉衣服,只穿着裤衩爬上床,沉沉睡去。

早上五点,罗蒂米把我吵醒。我躺在床上,对她的号啕大哭一点都不感到意外。我期待着在没我的干预下,哭声会停下来,因为以前总是这样的。哭声持续不断,听起来好像更生气、更响亮了,直到最后,我简直难以相信这声音来自那么小的一个人。我从床上起来,想着把她抱起来之后该如何应对她。我的第一个本能反应是把她送到叶吉德那里,不过无须这样做,当我一抱起罗蒂米,她就不哭了。

罗蒂米很安静,但浑身紧绷,用嘴巴呼吸,在空中挥舞着拳头,还快速眨着眼睛。她平静下来之后,闭上了嘴巴,把头靠在了我的胸上。我决定把她放回小床,可一离开我的臂膀,她马上就开始嚷嚷。我再次把她抱起,她又安静下来。无论是我想把她放到床上,我坐下,还是我想把她抱在胸前仰面躺下,她都会尖叫。过了一会儿,我才弄明白她想要什么:把她抱在怀里站起来。接下来的一小时,她都没有睡着。罗蒂米安安稳稳地待在我怀里,没太多动静,只是打哈欠和观察我的脸。她睡着之后我没有把她放下来——她的重量让我觉得有些许安慰,她吹在我胸前的呼吸让我感到一些温暖。我已经有一段时间没与另一个人如此亲近了。我靠在墙上一直抱着她,直到大约七点叶吉德进来,没说一个字便把她从我怀里抱走离开房间。

那天,我大约晚上九点回到家。那是自我收到多顿的来信后,第一次在午夜前到家。叶吉德和罗蒂米在我房里,当我走进房间,叶吉德站起来把罗蒂米递给了我。

"如果她十一点以前哭的话,就给她喝点水。"她指了指床头柜,她在上面放了两个空瓶子和几个奶瓶。"或者喂些软食,她喜欢牛奶。地上的那个包里有尿布。"

我放下公文包,这样我就能两只手抱着罗蒂米,心里为她母亲正在跟我说话而感到意外。

"别来打搅我,我要睡觉。早上我会来接她。"叶吉德说着离开了房间。

就这样,自那天开始,我期待回家。叶吉德在我房里留下越来越多的婴儿物件,不过她没费劲跟我解释,只是等我一进门,便将罗蒂米递给我。

每天早上,罗蒂米五点把我叫醒。她的号哭就像闹钟一样准时。我会靠在墙上,约莫抱她一个小时。我每天观察她的脸,看着她的眼睛,心中感觉到某种类似信念的东西,这个时候我便知道这个孩子会活下来,她会留下来。她不是一个调皮的孩子,她扬起下巴的样子已经颇有严肃之意。她很少咿呀咿呀。一开始,只要我不试着坐下来或者放下她,我们早上的时光都是安安静静的。然后,一天早上,她抬眼看我,一只拳头抵在下巴之下,仿佛正在思索要说什么似的,然后说了一声:"爸爸。"再次睡去之前,她又说了两遍,仿佛她知道我需要再次听到这个词一般。

每次她说的时候,都仿若一次对我的赦免。这个简单的词将多顿的信件和我自己犯下的全部错误所带来的致命压力微微卸下一点点。

我觉得她好似给了我一件礼物,几乎称得上是神圣的礼物,因为它来的时间刚刚好。她称我为父亲。是的,她只是一个不谙世事的孩子。但是,她还是称我为父亲。我觉得自己迫不及待地想回馈她一些东西，想跟她建立一种持续终生的联系。我开始轻轻地给她讲故事，讲那些妈咪以前给我、多顿和阿丽诺拉讲的故事。

我没有特别的喜好，不过我记得有个故事我常常给罗蒂米讲。妈咪讲故事的时候，通常会以一句谚语做开场白。对于这个故事，她总是以这句开头：拥有孩子的人便拥有世界。

在不朽时代，大部分的动物直立行走，而人类的眼睛还长在膝盖上。乌龟伊贾帕有个妻子，名叫伊彦妮波。他们相亲相爱，幸福地生活在一起。他们唯有彼此——他们没有孩子，一个都没有。多年以来，他们一直恳求欧鲁杜梅尔[①]赐给他们一个孩子，但是一个都没来。伊彦妮波每日哭泣，无论她走到哪里，人们都会讥讽她，集市里的人对她指指点点，在她背后嘲笑她。

伊彦妮波特别想要一个孩子，她认为孩子比什么都重要，比生命本身还重要。于是，有一天，伊贾帕厌倦了看着自己妻子哭泣，他要去一个遥远的地方，那里住着威力强大的巴巴拉沃[②]。他必须翻越七座高山，横渡七条河流，才能抵达这个遥远的地方。这是漫长的路途，可伊贾帕不介意。那个时候，巴巴拉沃是世界上威力最强大的人。伊贾帕很确定，若说天底下有能解决这个问题的办法，那么他就一定能从巴巴拉沃那里得到。

伊贾帕来到巴巴拉沃面前，恳求巴巴拉沃帮他。巴巴拉沃准备了一份食物，他把食物装进葫芦里，然后让伊贾帕带回去给妻子。巴巴拉沃向伊贾帕保证：一旦他妻子吃下这份食物，就会怀孕。他警告伊贾帕绝对不能碰这些食物，在回到家之前也不能打开葫芦。伊贾帕感谢巴巴拉沃，然后带着食物离开了。

在回家的路上，他再次翻越七座高山，横渡七条河流。食物闻起

[①] 欧鲁杜梅尔，约鲁巴人神谱中最高神的三个化身之一，负责造物并协调与宇宙的关系。
[②] 巴巴拉沃，尼日利亚约鲁巴人的萨满，意思是"神秘之父"或"灵魂之父"。

来实在太美味了，阳光炙热，他很疲惫。翻越第三座高山之后，他在第三条河的岸边停下休息，喝了一点水。他没有能吃的东西，周围也没有长着果实的树，甚至连草都没有。伊贾帕饿极了。

伊贾帕决定看一眼食物，只是看一眼。他根本没打算要吃这些食物，他只是看看。他打开葫芦，看到的是山药粥。这份山药粥里的食料丰富，除了山药泥和棕榈油之外，还有鱼、肉、蔬菜和小龙虾。

伊贾帕被诱惑了，他的肚子大声地咕噜咕噜叫起来。但是他想到妻子空空如也的肚子，便将葫芦盖上。伊贾帕继续自己的旅程。阳光变得更加灼热，他越发饥肠辘辘，甚至愈加疲惫。于是翻越第五座高山之后，他在第五条河的岸边停下休息。

伊贾帕心里想：我只是用手指碰一下食物，感受一下棕榈油擦过手指的感觉，这样我就能分辨出巴巴拉沃用的是不是优质棕榈油，我不想让伊彦妮波吃到什么让她肚子不舒服的东西。

伊贾帕仅用一根手指头去触碰山药粥，只是为了判定棕榈油的质量。他用双手摩擦了一下棕榈油，感觉不错。他对自己说：感觉不错，但味道可能还是不对。于是他多弄了一点，尝了尝。他的肚子即刻开始响得像雷鸣般，他在几分钟里便将食物狼吞虎咽吃光。一旦小小的食物通过他的嘴唇大门，他便无法抗拒，无法停止。吃完之后，他擦了擦嘴，在河里把手洗干净。

伊贾帕马上沉沉睡去。

当他醒来时，已经过去三天，可他并不知道，他感觉自己好像只睡了一个小时。他决定要立刻返回巴巴拉沃的房子。"我只告诉他山药粥掉下来洒了，"他对自己说，"我确定他会为我另做一份，他是个好人。"

伊贾帕想站起来，但是意识到这样做很艰难。他往下一看，天啊,他的肚子很大。事实上,他的肚子大得就像身怀六甲的女人。

他尽可能快地往回跑,翻越五座高山,横渡五条河流。当他来到巴巴拉沃的房子,便唱起来:

> 巴巴拉沃,我来恳求您啊,
> 巴巴拉沃,我来恳求您啊,
> 您告诉过我不要偷吃,
> 您告诉过我不要偷吃,
> 上次您为我做的食物,
> 我碰了,还偷吃了,
> 然后我看到我的肚子,
> 肚子大了。

罗蒂米总是在我唱完这首歌之前便睡熟了,于是这个时候,我便停下来,不再往下讲故事。我从不以妈咪的那句"拥有孩子的人便拥有世界"作为开场白。我曾经是相信她的。我接受这个想法,就像乌龟和他妻子一样,如果没有后代,是无法在世上立足的。我曾经以为,拥有一个喊我"爸爸"的孩子会彻底改变我的世界,会将我净化,甚至会抹去我将芬米推下楼的记忆。虽然我给罗蒂米讲了很多次这个故事,但是我却不再相信拥有孩子便等同于拥有世界。

36

虽然闪电确实会击中同一地点两次,但是我认为第二次的时候,闪电不会留下毁灭性的结果。就在罗蒂米刚过一岁生日不久,我把她带到医院进行基因检测,几天之后,我在下班的途中到医院取结果,我最深切的恐惧得到证实。不过,等到家的时候,我冷静下来,尽管单子上的裁决结果是红字母"SS",但我心中确定我女儿会活下来。我无法解释这股笃定的信心从何而来,但是它就在那里,如我脚下的地面一样坚定。当我告诉叶吉德检查结果时,她用手捂住眼睛,除此之外,她对这个消息没有显出任何反应。罗蒂米首次陷入镰状细胞危机的时候,叶吉德拒绝到医院陪罗蒂米。

罗蒂米入院后,叶吉德在离开病房前说:"我?我该在夜里守着她?埃金,我筋疲力尽,真的筋疲力尽了,我需要休息。"

她说话的样子,仿佛她已被榨干所有欢愉的可能性,我为此而自责。我望着她拖着沉重的脚步走出病房,心想:她是只需夜里好好睡一觉,还是这种疲惫已经成为永恒的疲倦?

大约两个小时之后，我获准坐在罗蒂米身边，她看起来那么小，在病床上显得特别不协调。看着她正在输液的吊瓶我在想：这够不够？医生知不知他们在干吗？只用一根点滴管来与这种已经从我们身边夺走一个儿子的东西做斗争？我坐在她床边的椅子上，双手一直拽着床垫的边缘，不敢去触碰她。

过了一会儿，她说：" 妈咪？"同时举起那只可以自由活动的手，"我妈咪呢？"

我清了清嗓子，盯着床柱："你妈咪累了，正在睡觉。"

我撒谎的时候，没法看着她那双棕色的大眼睛。哪怕我两眼死死盯着床柱，这些谎话也感觉非常不对，就像我为此需要得到原谅似的，来自一个孩子的原谅，这个孩子的小脸就是叶吉德的翻版。她们俩长得那么像，看着她就好像我正透过一面缩小镜望着叶吉德似的。罗蒂米脸上的每一处样貌特征都属于叶吉德，除了鼻子。她的鼻子已经长成扁平宽大的样子，和我的简直一模一样。我很喜欢人们注意到这一点，喜欢他们说："这个孩子继承了她爸爸的鼻子。"她爸爸的鼻子。

那天夜里晚些时候，一位身后跟着多个学生的医生拿着笔记本进来查看罗蒂米。小的时候，就在我的右手长得可以够到我的左耳前，就在我够上学的年龄前，我曾一度想要当医生。有一段时间我甚至都不知道还有其他职业，当时我以为去上学的人只会成为医生。

当其他人都转去看其他病人时，其中一个学生轻声跟我说："先生，我正在进行一项研究，是关于镰状细胞病的，将有助于婚前咨询。如果您能填一下——"

我像发怒的蜥蜴般点头，抓起他递给我的调查问卷，特别想让他从我眼前消失。我想知道叶吉德在医院陪伴塞桑的那些日子里，她填了多少问卷。问卷的问题密密麻麻地排在单页纸上，好像这个学生想节省复印的费用，仅仅读这些字就让我头疼。

"爸爸。"

"嗯，亲爱的，怎么了？"我欢迎有事让我分神，于是将问卷放到一边。

"妈咪呢？"她问，声音几乎难以分辨。她喘着气，仿佛说出这个词已经耗费掉她所有的力量。

我握住她的手，这一次我看着她的眼睛："你妈咪正在过来，很快，非常快，不过在我们等着的时候，让我给你讲个故事，关于乌龟伊贾帕和妻子伊彦妮波的故事。"

我复述这故事的开头，那对没有孩子的夫妻，以及他们为了能怀孕做出的徒劳努力。我讲述伊贾帕去拜访巴巴拉沃，他无法抗拒的那壶食物，他亲手毁掉唯一解决的办法后羞愧地回到巴巴拉沃那里。当我唱完歌之后，罗蒂米还醒着，于是我继续往下讲这个故事。

当伊贾帕回到巴巴拉沃那里，他苦苦哀求。他在地上滚来滚去，恳求得到原谅，祈求得到另一次机会。

"不，我帮不了你。"巴巴拉沃说。

"帮帮我吧，不是为我。请想想我妻子伊彦妮波。帮帮我，不，帮帮我可怜的妻子吧，帮帮她。"

巴巴拉沃想起伊彦妮波。尽管伊贾帕做了可怕的事，违背了指令，可是为了可怜的伊彦妮波，巴巴拉沃还是宽恕了他。他给伊贾帕喝了一种药水。伊贾帕喝下不久之后，肚子平复了。

妈咪告诉我的那个故事并没有停在此处。很显然，乌龟与他的妻子不可能就只是乌龟先生和乌龟夫人，这不够。故事会继续发展下去，乌龟的妻子如何怀上了孩子，这样每个人都能永远幸福地活下去。我不想费劲跟我女儿讲这一部分。那是我一开始相信的谎言。叶吉德会有孩子，我们会永远幸福。需要付出的东西不重要。我们必须横渡多少河流不重要。最终，都是如此幸福美满，过上一段应该始于我们有了孩子之后，而非之前的幸福生活。

第一次的时候，罗蒂米在医院里待了一周。虽然我只请了两天假陪她，但是每天晚上我都待在医院里，睡在病房前的木椅子上，这么多年来，我再次梦到芬米。

自从罗蒂米的病症被诊断出来之后，我就一直想着芬米。我不可能不去这么想：奥莱蜜德和塞桑的死是不是一种报应？会不会在宇宙的正义天平上，因某种出现偏颇的因果报应，孩子们为我的罪孽付出了代价？每当我从梦到芬米的恶魔中醒来，心中不禁犹疑：这些梦会不会是罗蒂米厄运的征兆，在宇宙的正义天平上，三个孩子是否等于一个大人？

这些想法只在漆黑的夜里潜行，永远无法突破拂晓的界限。当太阳升起，我走进病房查看女儿时，就能将它们摒弃在脑后。这孩子将会渡过每一个危机，成为每一道规则的例外——活下去——我坚信这一点。若果真存在伸张正义的万能之手，应该抓我，而不是这些无辜的孩子。

此外，我从来没有要蓄意谋杀芬米。

芬米死的那夜，就是奥莱蜜德取名仪式的那个晚上，我想的只是安然回到卧室，不在楼梯上绊倒。由于我喝下的那一瓶瓶啤酒，楼梯在我眼前摇晃，我抓住栏杆登上楼梯，芬米跟在我身后，说话已经不利索了。

"叶吉德怎么会怀孕的？"

我不假思索地回答："就像大家怀孕那样啊。"

芬米笑了:"你认为我是傻瓜吗?你撒谎,你在床上做的那些假模假样的架势,你以为我不知道吗?难道是因为我决定不揭露你的事吗?"

我继续走上楼梯。不知道是我太醉,没法做出反应,还是我相信她会以对我有利的方式来解读这份沉默,我已经讲不清了。

我的确记得芬米从身后拽住我的裤腿,但是这并不困扰我。

"告诉我,"她说,"告诉我一根从来都硬不起来的器官怎么可能让女人怀孕?别再跟我说只有跟我在一起的时候才会这样。我再也不相信。"

我永远无法确定这话芬米是轻声说的还是大声喊的,但是,那个夜里,听起来仿佛这话是被吼出来的,感觉就像它正在屋子的每个房间里回响。当我转过身用手捂住她的嘴时,她已经放开我的裤子。我的掌心的确碰到了她的脸,盖住了她的嘴,接下来的一刹那,她绊了一下,身体往后倒,滚落楼梯。

*

当妈咪终于遣人来叫我的时候,她并没有让我到家里去看她,她让我到她集市的货摊,这是个精心设计的侮辱。此举旨在提醒我:多顿出国之后她再也没有踏入我给她买的那家店。

妈咪总是抱怨集市。她讨厌那里的地面,因为雨季的时候湿滑泥泞,旱季的时候硬邦邦,还满是灰尘。她鄙视市场里的女人,她们把垃圾直接倒在街上,她讨厌持续不断的嘈杂,还讨厌几个人想穿过狭窄的街道时,挤在一起所产生的无法忍受的热度。她痛恨每天总有一些人的手、手提包或超大的屁股将她的器皿撞倒,还痛恨在她还没来得及把它们捡起来放回盘子前,匆匆忙忙的脚步就踩在她的西红柿和辣椒上。但最重要的是,她憎恨那股臭味——她时时刻刻都会注意到它。太多东西在这个空间里腐烂,她的鼻孔从未适应过由此产生的恶臭。

当妈咪身为年轻的新娘时,丈夫拒绝花钱给她买个木头搭建的摊位。可即便如此,在她的一生中,妈咪一直相信自己在生命中的位置不会仅限于集市里的街边摊,她值得更多。在她心里,她知道自己的位置是跟那些负担得起在店里卖东西的女人在一起,应该得到保护,不受集市里的酷热侵害。这就是我在集市最昂贵的区域给她买下最大面积的店铺的原因。然而,当我到爱耶叟区看她,把店铺的钥匙给她时,她把钥匙扔回给我。

我来到她的摊点,她表现得像是不认识我似的,拒绝回应我的问候。我在木凳上坐下,一坐就是半小时,与此同时,她在接待顾客。

当她用透明的尼龙布盖到装着西红柿和辣椒的盘子上,我知道她准备要跟我谈了。她坐到木凳上,就挨着边坐,尽可能远离我。她用这些话来跟我打招呼:"我儿子在哪儿?多顿什么时候回家?"她曾宣称,如果她再进我家,就让我把她的腿锯断。自此之后,她只会屈尊同我说这些话。

即使我告诉她多顿在澳大利亚安然无恙——若他的来信可信的话——也做得很好,她还是表现得好像我把他锁在地下室似的,并由此让她的生活陷入愁云惨雾之中。我懂得了一个令我痛苦的道理:没法好好回答她的问题。我尝试的所有答案只会点燃她愤怒的火焰。对她的问题置之不理是最好的、最容易的做法。

"您为什么不让我到家里见您?我们在集市里能谈什么?"

"为什么?埃金问我为什么。让我告诉你为什么,我不得不到这儿来卖我的东西,因为我不想吃草和沙子。你知道人没钱的时候只能吃这些吗?我真是感谢上帝让我有你妹妹啊。"她抬起头,仰望天空,"造物主啊,我感谢你让我有阿丽诺拉,她总惦记着她可怜的老母亲。如果我只生下多顿和你的话,现在我就只能煮沙子当早饭了。"

我叹了一口气:"妈咪,这就是您叫我来这儿讨论的事情吗?"

"所以说呢?如果这就是我要说的,你是不是打算掉头就走?如果你这样做,我不会感到惊讶。现在我的话对你毫无意义。"

"妈咪,您想要什么?"

她双臂交叉于胸前:"你可以随意玩弄魔力,继续骗我。你是你父亲的儿子,你的谎言也能让死人复生。"

"您为什么要见我?"

"你为什么在大喊大叫?这就是你跟母亲说话的方式吗?就像没有家教的孩子吗?"

我深吸一口气:"妈咪,对不起。请别生气。"

"你妻子怎么样了?"

"很好。"

"她甚至没让你转达问候?所以已经到这个地步了?你知道她都一年多没来看我了吗?我们就生活在同一座城市,同一座城市!"

"她一直忙着工作。她也不想吃草和沙子。"

"你觉得自己很有趣,对吗?阿丽诺拉告诉我罗蒂米住院了。她的身体现在怎么样?"

"她已经出院了。"

"愿上帝守护她。"她说这话时一点都不激动,仿佛在为某个她不认识或者不关心的人祈祷。

我盯着过路的人,这样我就不用看她。"阿门。"

她吸了一下鼻子,然后叹了一口气。我知道,不管她要说什么,我都不会喜欢。我很熟悉她这个吸鼻、叹气的动作,这是一个老策略了,当她要提出我不大愿意屈从的要求时,她会用这个策略来让自己变得更强。

"你为何看向别处?"她说,"看着我,看着我的脸。我之所以说你该来看我,哪怕你会为我所知道的一切杀掉我儿子……"她吸了吸鼻子,"可如果全世界看到你开始活得像是个疯子,他们还是会说:那是阿莫比的儿子,他的生活正在崩溃,就像一块破布似的。所以,即使你说我的嘴太臭,我也没法保持沉默。我要把我的话说出来。你听到了吗?"

"我在听,妈咪。"

"你看啊,你妻子似乎注定会生下阿比库孩子。你这个孩子,别对我翻白眼——你以为我看不到吗?你以为我瞎了吗?"她"啪"的拍了一下我的手背,"如果你活到一千岁,就会老得没法这样看我。我所说的一切都是为你好!自打你出生后我所做的一切都是为你好!"

"妈咪,现在您要从我这里得到什么?请把您要说的话全部说出来。"

"这儿有个女孩,你可能认识她。"她摇摇头,"不,她绝不是你们的同伴,你不可能认识她。她刚刚中学毕业。她是个好女孩,眼界还没打开,你知道,像现在的那些女孩子。"

"然后呢?"我能感觉到额头在"突突"跳动,就像头开始要疼起来了。

"上帝是随心而行的——谁知道呢,也许这个女孩能给你怀上孩子,能活下去的孩子。我不是说叶吉德是个坏人,但是你没法与命运抗争。自打你娶了这个叫叶吉德的女人,事情就会这样发展,我认为她在这个世界注定没有孩子。她已经努力尝试了呀,即使是瞎子也能看出来她有多努力去尝试。可在与命运的抗争中,唯有少数人能赢。我活了那么久,足以明白这个道理。"

"您要我娶您找到的这个女孩?"我转身不去看她。街对面,有个男人正往灯柱上糊竞选的海报。

"你要终生无儿无女吗?如果罗蒂米死了,你怎么办?"

"罗蒂米会活下去。"我并非要说服她,我对此深信不疑,就好像这就是事实,就好像太阳东升、四加四等于八那样,我的罗蒂米会活下去。

"听着,如果罗蒂米活下去,你就只要一个孩子吗?你的一生,就唯有一个孩子吗?"

"您要我另娶妻子,再次?"街对面的男人从灯柱往后退,检查绿色的海报,点点头,然后转移到下一个灯柱。他张贴的海报绿白相间,从我坐的地方看过去,我能分辨出"93希望"的字样。

"我不是要逼你。如果你不娶她,我们可以做些安排,就让她怀孕。"她用一只手的手掌拍打另一只手的手背,"这个世界不缺智慧,我们总会找到通往天堂的路。"

"就这样吧,妈咪。永远别再干这种事。"

"别那么快说不。我知道你在想芬米的遭遇,但是……"

当她提到芬米的名字时,我再也听不到她的话。我只能看到她的嘴在动。

她拍了拍我的肩膀:"埃金?你听到我的话了吗?你不说点什么吗?"

我单手摁住前额的两侧,随着脑袋里"突突"跳动的节奏跺脚。"妈咪，难道您把我的生活毁得还不够吗？"

她张大嘴巴："埃金耶勒，你在说什么胡话？"

"别再介入这事，您听到我的话了吗？"

"你病了吗？我说的这些——"

我站起身："别再叫我来讨论这种事。再也别。就这样吧。"

"我？好啊，你不知道你在跟谁说话了？埃金？埃金耶勒？好啊，你要走，埃金？回来！埃金，我还在跟你说话呢。你不是我叫来的吗？看这孩子，埃金耶勒！"

我头都没回地离开了。

37

有几次，父亲同我讲起他对母亲的爱，他总会这样收尾：叶吉德啊，爱情宛如一场考验。他说这话的感觉就像他说的所有话里唯有这句话值得记下来。我有那么一种印象：他相信这是他从我母亲的生命与死亡里学到的教训，他必须将这种智慧传给我。"叶吉德啊，爱情宛如一场考验。"我从来没有真正明白这句话应含的寓意。我没有费力去问他，因为我怀疑他的解释会包括他一直说的那些事：因为我，母亲遭了多少罪。等我到十几岁的时候，虽然可以做到对他那些关于母亲流了多少血的可怖描述毫无反应，但是我从来没有忘记他说到母亲死亡时看着我的样子，仿佛他正在估量我，想判断出用我来换母亲是否值得。

多年以来，我多次从他人嘴里听到这句话，可每次还是不大明白他们是什么意思。所以说，爱情宛如一场考验，可有什么意义呢？为了什么呢？谁来进行考验呢？我想，我的确相信爱拥有巨大的力量，能将我们所有的优点发掘出来，对我们进行提炼，向我们展示更加完美的自我。虽然我知道埃金把我当傻子一样耍，可有那么一段时间，我仍然相信他爱我，他唯一能做的就是正确的事，就是好事。我想这只是时间问题，总有一天他会看着我的眼睛道歉的。

所以我等着他来找我。

就在塞桑诊断出镰状细胞病之后，多顿进入我们的卧室，告诉我他感到很难过，因为埃金无能，所以没有找到解决的办法。很显然，多顿认为我已经知道埃金去拉各斯市的一半原因是他必须见拉各斯大学附属医院的泌尿科专家。而真相是我对泌尿科专家、开过的处方抑或埃金所经受的种种一无所知。可那天晚上，我跟着多顿点头，试着装作自己很聪明，能自己弄清情况。因为当你被生活嘲弄时，一定要笑，要假装自己可以泰然处之。可很显然，在他离开我们房间之前，多顿也意识到我们的婚姻是建立在谎言之上的。

尽管如此，我还是相信埃金爱我。而且因为爱应该是一场考验，是能将我们心中最美好的一面激发出来的考验。我告诉自己：我丈夫很快就会来找我，进行解释。我把所有精力都用来维持我儿子活下去，可与此同时，我一直等待埃金来找我。

当他撞见我和他弟弟在床上的时候，我很确定埃金会来与我对质、道歉，跟我分享他为了成功瞒过我所经历的挣扎，恳求我留在他身边。真是很难接受他意欲终生欺瞒我。哪怕我搬出卧室，不再跟他说话之后，我还是确定我认识真实的他，我相信在所有的欺瞒和假装之下，那个人还在。我认为自己认识的那个人不是那种直到我走进坟墓都还在欺瞒我的人。

罗蒂米首次出现镰状细胞病症危机前的几周，我忽然间接受了这种情况：假若埃金找到逃脱的方法，他会终生对我撒谎。罗蒂米首次入院之后，当我开着车离开卫斯理公会医院，心里在想：埃金怎能叫我留在病房，和罗蒂米在一起？难道他没看到我已经厌倦了所有那些医生带来的坏消息、好消息、冷峻的沉默、再三的保证，还有一只放在肩膀的手传递更多的好消息、坏消息吗？从奥莱蜜德、塞桑到罗蒂米，我一直在悬崖边，现在我太累了，所以我想要掉下去。

等到罗蒂米出院，他们一起回到家，我对埃金有了不同的看法。我不再把他看作是一个变了的人，而是一个我从不认识的人。我对自己曾经一度自信满满的爱情产生了怀疑，并且得出结论：他娶我是因为他认为我容易受骗。

总统选举前的一周，我决定是时候跟他对质了。他在客厅和罗蒂米在一起，正在观看电视里两位候选人的辩论。我觉得没理由要等到辩论结束之后才开始这段对话，毕竟，我已经花了差不多三年的时间等待他来找我。在某种程度上，我觉得自己必须攻其不备，不留给他支吾搪塞的空间。我坐到他对面的扶手椅上，因为那是个有利的位置。我想要看着他脸上展现出的各样情感，判断他对我的突然袭击做出的各种反应。

"所以，埃金，这是真的，你不能……你不能……你是性无能？"

我希望我可以说他很尊敬我，所以当我最终与他对质的时候，他会直接回答我的问题。他笑了，身体往后靠在椅子上，他的目光盯着天花板。很长一段时间，他一言不发。

我等着，看着罗蒂米爬上他的膝盖。电视上，评论员正在谈论IMF（国际货币基金组织）的结构调整政策对尼日利亚社会的冲击。

"多顿什么时候告诉你的？"最后埃金问，同时将罗蒂米拉近他。

"就在他告诉我你让他来引诱我之前。"

我们说话的时候，言语间毫无生气——没有激情，没有热度。我们仿佛正在讨论下了整个上午的雨。埃金一会儿跷起腿，一会儿放下腿，就在这个时候，我想着我们一路走来，直至此刻，我们面对面地坐在客厅里，第一次讨论他的性无能，一脸漠然。

我想起芬米。我记得埃金对我没有怀孕是何等信心满满，甚至在医生告诉我我得了假孕症之前。

埃金捏了捏鼻子："你现在打算怎么办？"

我快要笑了，他真没太多改变。看到他还是用提出问题来做回应，从而回避真相，几乎令人感到宽慰。

"你没有回答我的问题。"我说，"埃金，是真的吗？"

他用双手捂住脸，就好像他无法忍受我的凝视。我没有动弹，因为我心中充满一种强烈的欲望，要听到他的忏悔。

"埃金耶勒，为什么你捂住脸？看着我，回答我的问题。"

他的手滑下脸庞，圈住脖子，好像他要掐死自己似的，我一点都不怜悯他。我怎么会呢？毕竟，在我们结婚的第一年里，当他说每个人的阴茎都有所不同，告诉我有些人会硬，有些人永远不会时，他是看着我的眼睛的。他漫不经心地说着这话，聊天中顺带把它说出来，听起来就像男人告诉自己的处女妻子关于性爱的注意事项之一。他甚至都无须撒谎来骗我，为此我惊诧不已。

"叶吉德，为什么要我告诉你你已经知道的事呢？"

我知道什么？我知道我曾经像他一样，对他的谎言那么投入，也许比他还甚——我想他至少会对自己坦诚。而我却没法如此，直至多顿说出这些话。埃金本该是我一生的挚爱。在我有孩子之前，他把我从孑然一身的世界里拯救出来，我不能让他有瑕疵。所以当顾客谈论性爱时，我三缄其口，当他告诉医生我们的性生活绝对正常时，我让他握住我的手。我告诉自己我是在尊重自己的丈夫，我说服自己我的沉默意味着我是个好妻子。可最大的谎言常常就是我们对自己说的谎言,我三缄其口是因为我不想问问题,我不想问问题是因为我不想知道答案。相信丈夫值得信任很简单,有时候信任比怀疑更容易。

"对不起。"他拍着罗蒂米的头说。

那一刻,我知道他不会直接回答我的问题,哪怕我用弯刀抵住他的喉咙,也不会。

"你也愚弄了芬米吗?"我问。

他摇摇头:"她不像你。"

我叹了一口气:"你是说她不蠢?"

"我只是说她不是处女。"

我跟他已无话可说,所以我站起身离开房间。他甚至都没有费心叫我保守他的秘密——他已经知道我会的。

*

选举前的兴奋情绪令整个国家沸腾,而我也不由自主陷入其中。选举前的那几天,我发现自己会哼唱竞选歌曲。博卢妈说服我登记选举。随着选举临近,我感受到一种陌生的权利感。

我们去投票站的那个周六,上午七点博卢妈就到我家。她几乎都坐不住,不停地叫我快点,这样我们就会在八点以前抵达投票站。埃金已经离家到环岛去投票,他在那里登记的,因为那个投票站离他的办公室近。大约八点半,我把罗蒂米绑到背上,我们出发。

等我和博卢妈来到投票站,已有好几百人在那里了。我们投下自己的选票后,在等候投票站宣布结果的同时,坐到一棵杧果树的树荫下,谈论她侄女马上要到来的婚礼。虽然典礼就在两周之后,但是我们计划在婚礼举行前几天出发去包奇市。博卢妈要到现场去帮助哥哥一家筹备婚礼。

有个眼镜盖住半边脸的选举官员宣布选举站的选举结果时,周围响起掌声,很多人大喊"恭喜,尼日利亚"。我一时兴奋不已,不停地与陌生人握手,仿佛我们一起经历漫长而艰辛的旅程后活了下来。

*

出发去包奇市的那天,我给罗蒂米穿上无袖的紫裙,而埃金则在楼下弄车子。他正在休年假,决定要去拉各斯市几天。我没有问他为何要去拉各斯市——我不想知道。罗蒂米的这条裙子是埃金买的,因为他想我会在她生日的时候给她办个派对。当然没有派对,可罗蒂米很喜欢这条裙子,每次穿上,她都会用手掌摸着身上的裙子,脸上挂着笑容。

那天早上我给她穿衣的时间比平时更长,她很暴躁,因为我很早就把她叫醒,这样我们才能在六点前离家。我说服她穿上鞋子之后,把她放在化妆台上坐下,往脸上扑粉。扑完粉,我给罗蒂米的额头抹了一层薄薄的滑粉,当我把粉搽到她的皮肤上时,她的小脸一动不动。然后我坐在凳子上,给嘴唇上抹粉红色的口红。我照镜子以确保牙齿没染上口红渍时,罗蒂米往前探身,拿拇指摁在我的上唇。我看着她把手移向自己的嘴巴,以为她要吮吸拇指,可并没有,她用手指滑过自己的下唇,模仿我涂抹口红的样子。

"你是个聪明的孩子,对吗?"我说。

她摸着我的嘴唇,要更多的口红,手指轻轻地摁着我的下唇,那力道就像羽毛一般轻。当她的拇指抹完自己的嘴唇之后,我把她放到我的膝盖上,这样她就能照到镜子,不过她几乎没有看它。她扭着身子,直到与我面对着面,然后在我的注视下,仰起脑袋,摆来摆去,就好像我才是她关注的那面镜子。

"你是他们中最漂亮的一个。"我对着这个我从未给她讲过故事的孩子说。她正在与疾病做斗争,在她的疾病面前,我感觉我的那些故事和歌曲毫无用处,所以我从不费心同她讲故事、给她唱歌。我不想给她讲虚无的故事,我要治好她,救她。当她抿着嘴,就像刚刚我做的那样,我想要把她紧紧抱在怀里,直到她以某种方式回到我的子宫里,从那里她能带着新基因重新出来,永远不用再遭受疼痛与疾病的无尽威胁。

直到罗蒂米尖叫起来,我才意识到自己正死死抓住她的肩膀喘着气。我放开她。这就是为何我不让自己老跟她单独在一起的原因——因为这些想法会把我从悬崖上推下去,跌落无底的深渊,跌落的时候身子还不停地乱动。忽然之间我心里涌起一股冲动,要将头抵到梳妆台上哭起来。我将这股冲动拼命压下去。我深吸了一口气,调整一下女儿脖子上的金项链。

当我们开车到博卢妈住的那个小区时,我把罗蒂米抱在膝盖上。博卢妈正拿着旅行袋在门廊上等候。

"你能看到你以前的家吗?"博卢妈坐进车里说,"新搬进来的那家把它给毁了。你能看到油漆掉下来的样子吗?他们甚至都没有花心思重新上漆。我告诉你,那个男人,就是条发情的公狗。"

埃金开车到阿索罗区去接他的秘书琳达。那天上午,她也要去拉各斯市,埃金让她搭便车。我们来到琳达家,她从窗户探出脑袋,说五分钟之内出来。我们等着的时候,埃金拨弄车里的收音机,想找个正在播报新闻的电台。那是选举后的第九天,尚未宣布胜选者。

"你在找关于此次选举的最新消息吗?"博卢妈问埃金,"就像儿戏，就像儿戏，到现在都快两周了。已经是又一个星期一了。法庭怎能下令停止发布结果呢？为什么？"

"别管他们。法庭跟这事没关系，那个法官清楚，只有总统特别选举法庭才有管辖权。"

"对嘛，那些军人不想放权，是不是？"

"但我知道军队还是会交权的。"埃金说，"为了这次转型，花了那么多钱，我们难道要全扔沟里吗？"

"唯愿上帝怜悯我们。"博卢妈叹息道，"对嘛，我们的孩子要在军政府的统治下长大吗？"

当琳达坐进车里时，我打了个喷嚏。不管那天早上她喷的是什么样的香水，就好像她足足喷空了两瓶。埃金关掉空调，将车窗摇下来。我们抵达长途汽车站的时候，我把罗蒂米递给琳达。

"你不带罗蒂米一起去吗？"博卢妈说着，"砰"地关上车门，重新调整了一下裹胸布。

我摇摇头，等着埃金打开车后备厢。他拿出我的旅行包，向长途汽车停靠的木棚走去。即将开往包奇市的长途汽车上已有七个乘客在等候。

埃金把我的包递给汽车司机，然后围着车子转了一圈。他检查了车胎，看了一眼方向盘、踏板和挡把。每次他把我送到长途汽车站的时候，他都会做这些事。我们约会的时候，我觉得这很有趣，可那天上午，我怀疑他的真正动机是什么。现在，我对他最简单的举动都会怀疑，会琢磨这些举动背后会不会存着更大的欺骗动机。

我登上长途车时，他说："现在我和琳达要启程了。"

"一路平安。"我说着，挪了一下，这样博卢妈就能坐到我身边。当我和埃金一起身处公共场合，我们都很礼貌客气，有时候我们甚至会努力表现友好。

"今天晚些时候我会给你打电话。"他说,"博卢妈,你说七点之后给你哥家打电话可以吗?"

"好的,没问题,就告诉他们的女仆你要跟谁说话。"

"好的,一路平安。"

38

"夫人随后会来吗,先生?"在接待员眼里,他判定我在没有女人的帮助下没法照顾罗蒂米。

"你能帮我安排客房服务,让人给我房间送瓶葡萄酒吗?"我说。

约莫中午时分进入拉各斯城之后,我在城里开了好几个小时,成功地赶上了与拉各斯大学附属医院泌尿科专家的预约——只是我被告知他病了,要到星期四才能回来上班。我没心思跟接待员打趣。

他点点头,拿起电话。

进到房间之后,我给罗蒂米换了尿布。我把脏了的尿布放进浴室的水槽,我在心里记下一笔,要问叶吉德是不是该训练她上厕所了。

我没下楼到餐厅用餐,而是让人送些米饭到房间里。罗蒂米不想被喂,她不停地与我手里的勺子较劲。在我终于屈服把勺子给她之前,她生气地把一块肉扔到地上。客房服务把罗蒂米弄的脏东西清理掉后,我打开电视,踱着步,与电视机争辩这个国家到底怎么回事。

罗蒂米在床上笑着，拍着手掌，就好像我正在给她表演似的。我不停地换台，希望能从军政府那里得到一些关于竞选的新消息。就这样一个小时之后，我关掉电视，心里惴惴不安。

多顿丢掉工作之前，我只要到拉各斯市，都会住在多顿在苏鲁里尔的房子里。当我在酒店房间里望着罗蒂米把娃娃的手臂扯下来，心里希望自己可以回到那里，和他一起，对当前的国家形势表示无法认同。我知道他会为军事政府拒绝发布竞选结果而辩护，他就是那样的傻瓜，但凡有人想听，他都会对其宣称：军队是这个国家里最美妙的事。我想念多顿。

我身在拉各斯市，不可能不想起他。我们一起上拉各斯大学，我大学的最后一年，我们在校外同住一间公寓。就是在那一年里，我告诉他我从来没有勃起过。一开始，他笑了，但意识到我是认真的时候，他挠着后脑勺，告诉我不要担心，因为当我遇到对的姑娘时，就会好了。因为他是多顿，那天他就带了一串女孩到我们公寓走过场，夜里还把我拽到艾伦大街的红灯区。甚至大学最后一个学期我在伊克加一家私人诊所开始接受治疗之后，他还给我带来各种草药和神奇药水，让我得到"净化"，但却未能让我的器官硬起来。

由于想起弟弟，我考虑过给他妻子阿霍克打电话，问问我在城里的时候，是否能去看看孩子们。我从未打算给多顿回信，但每次我打哈欠的时候，罗蒂米都会笑着拉扯我的鼻子，这一刻，我再也无法否认，尽管他与叶吉德有私情，但我还是欠了他。

相反地，我给包奇市打去电话，接电话的女仆告诉我博卢妈和我妻子已经睡下了。

*

星期二的早上，我买了张报纸，搜寻里面的页面，看看有没有何时公布竞选结果的新闻。报纸上全是各种各样的胡想乱猜，还有几种推测，以及愤怒的反对党广告，可鲜有信息。没有来自军事联邦政府的声明。很显然，阻止进一步公布选举结果的那道虚假法庭禁令在某种意义上是为了达到他们的目的。伊巴丹市和拉各斯市的高等法院已经发出"驳回判决"书，并命令国家选举委员会公布其余的结果。我相信正在上演的这场诡异大戏意味着军方意图永远把持权力。我认为他们，出于某种原因，只是简单地想把交接的日期往后推迟几个月，为此迟迟不宣布结果。

我记得把报纸折起来的时候，心里在想：最多几周，问题就会得到解决。我认为军方已经知道自己不受民众欢迎，在明年到来之前，就会返回军营。那天早上，如果有人告诉我尼日利亚还会在军事独裁统治下再度过六年，我定会发笑。

早餐之后，我又往包奇市打去电话，跟博卢妈说了话。当她告诉我叶吉德这个时候在卫生间时，提高了声音，这让我产生一种印象：我妻子就在那里，可是不想跟我说话。我想跟她说话。我以为她因为出远门，会想说说话，哪怕只是想听到罗蒂米怎么样了。我正在计划要在谈话间顺口提一下我正在拉各斯市做的事。我想着自己已经做好准备，要跟她讨论我的情况，我觉得这样会有所帮助，这样我就无须看着、算着，让她不离开我。最坏的情况就是她会挂掉电话。当我告诉博卢妈我晚点还会再打过来时，我觉得自己已准备好向叶吉德坦白一切，甚至那次对一位传统药师的孤注一掷的拜访。

有一段时间，我仍认为那是我一生中最糟糕的时期之一，我到伊拉拉－莫金咨询了苏柯老爹。那时，叶吉德将所有相反的医学证据当作垃圾，向全世界宣布她怀孕了。

我还以为所有药师都是老人。可苏柯老爹很年轻，他也许只有二十岁。他给了我一杯炭黑色的混合饮品，让我喝下，并让我支付了五奈拉。

开车回伊莱沙市的途中，我的腹股沟上方开始动起来。我把车停到路边，心里怀疑肚子里响起的缓慢隆隆声，以及腹部肌肉的一紧一松，是否意味着那杯药正在起效。

一切来得很突然。直到车里充满恶臭，我才强忍着去相信。我没有得到治愈的方法——就像是我从未犯过的腹泻。当汽车疾驰而过，我呆呆地坐着，湿漉漉的椅子弄湿了我的牛仔裤。第二个月，我去拉各斯市看多顿，当我恳求他来伊莱沙市让叶吉德怀孕的同时，对苏柯老爹只字不提。

我下午往包奇市打去电话时，女仆说博卢妈和叶吉德出去了。即使博卢妈晚上再次告诉我叶吉德又在卫生间，我依然告诉自己：在与我当面对质之后她还留在我身边，和我在一起，这个事实是有意义的。虽然她还是不同我说话，而且如果我试着跟她说话，她通常会走出房间，但是我很感激她还留在家里。我的秘密已经被揭开，而我们还在同一个屋檐下。那必定有意义。我计划着，当我们回到伊莱沙市，就问她：我们是否可以重新开始，以新的方式？

*

星期三我醒来后，发现谣言四起，说总统选举取消了。我认为，在那天之前，我从未听过"取消"这词用在婚礼以外的情形。此前，我绝对没听酒店侍者用过这词。到了晚上,谣言已经变成新闻,一小群人聚在街上进行抗议,焚烧轮胎。这些人手里没有举牌。有个男人站在马路中央,高举双手,宛如展翅,而其他人用大树、金属碎片、钉子和破瓶子来搭建路障。

我从窗户处转过身,面对女儿。"这不可能,"我说,"不可能。这些兵肯定是在开玩笑。他们以为自己是谁?"

她模仿着说"不可能"这个词,然后将拨浪鼓抛向空中。

那天晚上,我坚持在电话里等着,直到叶吉德走出卫生间,自从她抵达包奇市之后,似乎一直住在卫生间里。

她接起电话:"怎么了?"

"你还好吗?这里的人真的在对此次取消选举的新闻做出反应了。你那边和平吗?"

"是的。"

"我只是要确认你没事。今天,有人把伊克加市的大街给拦了起来,他们像是明天还会来。我想我明天没法出去看泌尿科专家了。"

我拍着电话的拨盘,希望她注意到我提起自己正在拉各斯市干的事,希望她会以某种方式来表示听到了最后那句话——一声叹息,一个问题,"哒"的一声。任何反应都会让我感激。

一会儿之后,我问:"你在吗?"

"还有别的事吗?"她说。

"嗯,罗蒂米还不错——她刚刚睡着。"

"晚安。"

第二天早上八点不到,我就醒了,意外地发现罗蒂米还在熟睡。自从我们来到拉各斯市,她便养成了一个习惯,会一边亲吻我的下巴,一边捶打我的脸颊把我弄醒。外面,有群人正在聚集——唱着歌，挥着牌子。中午前，成千上万的人拥到街上。由于有好几个轮胎燃烧起来，所以空气中弥漫着浓烟。这时赶去医院毫无意义。

我中午叫的豆子罗蒂米一点没吃，所以我又点了些米饭，她也一点没吃。当她从我的膝盖上爬下去、躺在地上时，我跪在她身边，向她许诺，如果她吃点东西，我就给她点冰激凌。可她没有努力坐起来，没有笑，也没有试着讨价还价。她闭上眼睛，然后用左胳膊盖住眼睛。我把手掌放到她前额，感觉温温的，像是发烧的前兆。我将她从地板上抱起来，放到床上。我为本次旅行准备了扑热息痛糖浆和其他药物，但因为我放开她的时候，她浑身颤抖，所以我决定最好还是直接把她送到医院。

我走到窗前，往外看了一下大街上的情况，心里想：如果我解释女儿的健康状况，人群是否会让我把车开过去。就在这时，我看到了士兵，当第一枪射向人群的时候，我还站在窗边。我马上趴到地上，向床爬过去，把女儿拉到地板上。她双眼闭着，正在尖叫。一开始，我以为是枪声把她吓着了，但当我伸手去摸她的额头，她的皮肤下仿佛有个火炉。

在包奇市的第一个晚上,我们正准备睡觉的时候,博卢妈稍稍教训了我一下,说我必须振作起来,照顾罗蒂米。她正坐在梳妆镜前,往脖子上抹乳液,审视鼻子上的粉刺。

"我必须告诉你真相,罗蒂米妈。你做的这事不对。那孩子怎么着你了?我从没看到过你跟她玩,一次都没有。现在啊,在你这样对待她之前,想想她的创造者。看看你把她抱在膝盖上的样子,离你的身子那么远。这不好啊。是因为镰状细胞那事吗?啊,我们总不能看着今天然后就说明天会是什么样子。作为她的母亲,你自己的工作就是照顾她。至于她是死是活,就让上帝来决定吧。先别在心里杀掉她。别这样。"

"在说蜗牛是懦夫之前,先把自己的家驮到背上,到处走一走。"我说。我觉得这很奇怪,博卢妈自己连孩子没了呼吸都不管,却认为她能告诉我怎么过我的生活。"另外,你女儿像她那么大的时候,难道你不是让她们自己在楼道里乱爬吗?"

她皱起眉头，把乳液抹到脸上："你以为羞辱我就能让我闭嘴？我只知道你必须停止，不要为了……其他人的离世而惩罚罗蒂米。"

"他们的名字是奥莱蜜德和塞桑。我并非羞辱你，难道你没有把她们留在楼道里吗？"

博卢妈站起身，走过来，坐到她的床上："至少她们饿的时候我喂她们，她们哭的时候我抱她们。罗蒂米妈，我不是要拿棍子戳你的伤口。我只是在说，她没法有另一个母亲，而现在她是你唯一的孩子。"

我不是在惩罚罗蒂米。我只是不相信她能活得足够长，记得我曾经做过什么，或者没有做过什么。我相信，她迟早会走上我其他孩子的路，我正在做准备，为没有孩子做自我调整。每每想到此事，我所希望的只是她不会受那么多苦。我没把她抱得那么近，是因为我要保护自己，不因她而受到伤害。我已为奥莱蜜德和塞桑把自己丢了，我对罗蒂米有所保留，是因为我想在她走的时候还能留下一些东西。

"你让女仆对你丈夫撒谎，说我们已经睡了，你在跟他闹别扭？"

"如果不磨合，就是舌头和牙齿也无法待在一起。"

"罗蒂米妈，就拿这些谚语堵我吧。好吧，晚安。"她转身背对我，拉起被子盖过脑袋。

*

星期四，我独自与女仆待在房子里。博卢妈的哥哥和嫂子已经离家上班，博卢妈去了市场，给孩子买点东西。准新娘，一位乔斯大学的讲师，预计那天晚上抵达。当女仆走进房间告诉我有个来自拉各斯市的电话找我时，我正在读旧报纸。

"我跟你说过,告诉他我很忙。"

"他说必须同您说话,夫人。他说您的孩子病了。"

我放下报纸,走进客厅。

"叶吉德,"我接起电话后,埃金说,"罗蒂米没有知觉了。"

我跌到椅子上。那天之前,我以为自己已经做好准备,无论是情感,还是地点,我觉得都足够远了,让我可以接受"罗蒂米已死或将死"的消息。可我们怎会了解自己呢?在某种情形真正出现之前,我们是否真的知道在这种情形下自己会做什么呢?自她出生那天,我便一直让自己为最坏的情形做准备,可一生的时间都不够让我准备好,来迎接这份击中我的眩晕感。

"你必须把她送去医院。"我说。

"他们正在街上射击,叶吉德。士兵在这里。他们正在射击,向民众射击。忽然之间,她就不再尖叫了。然后我……然后我试着把她弄醒,可她毫无反应。不过她还在呼吸,她还在呼吸。"

"你必须把她送去医院。"

"你知道有什么我能做的吗?有什么我现在能做的?叶吉德?叶吉德?你在吗?我现在该做什么?"

"你必须把她送去医院。"

"说点别的。我确定他们已经杀人了,我们会被射中的。有什么我能做的吗?叶吉德?你知道什么?他们有没有教你为塞桑做任何急救措施?叶吉德?"

我能看到罗蒂米剩下来的人生在我面前展开。

"我不会再回到你身边。"

"你说什么?"

"我不会再回伊莱沙市。我不会再回到你身边。"

"你在说什么？听着，我得走了。今天晚上我会给你打电话，让你知道是否……是否……会让你知道。"

电话挂断之后，我久久坐在陌生的客厅里，把听筒放在耳边。一个好母亲会等待这个不可避免的电话，然后回到伊莱沙市，作为丧主，接待来访者，接受吊唁，扮演罗蒂米的母亲，哪怕她人已经走了。我做完这一切之后，只有做完这一切之后，才离开我丈夫。可我累了，伊莱沙市没有任何值得我留恋的东西。虽然美发沙龙在那儿，但是还不足以把我带回埃金住的那座城市。一想到再次开车经过卫斯理公会医院，或者看到孩子们穿着塞桑生前穿的校服，我就无法忍受。所以我做了自己真正想做的。

我喝了两杯水，然后走进我和博卢妈一起住的那个房间。我只拿了手提包，我需要的所有物件全在里面：支票本、一支笔、一个笔记本，还有我带到包奇市的所有现金，以及我母亲的唯一一张照片。我在博卢妈的床上留了张字条，我确定她嫂子会读这张字条，并且向她解释我不会再回去。

我走上大街，挥手拦下一辆去往长途汽车站的出租车。上车的时候，泪水模糊了我的视线，我几乎绊倒。那个时候，我向自己承认：我失败了，罗蒂米也把我的一部分给带走了。我从出租车上下来，擦掉眼泪，这样才能看清那些标明每辆汽车去往何处的标志。这一刻，我知道自己永远无法忘记罗蒂米，永远无法像我希望自己可以做到的那样将她从记忆中抹去。

我登上一辆开往乔斯市的汽车。之所以选择乔斯市，是因为我听说它是尼日利亚最美丽的城市，我一直想去那里。我花了一段时间才意识到我的每个孩子给予我的东西和从我身上夺走的东西一样多。我对他们的种种记忆，苦乐参半，永恒不变，具有与现实存在一样的威力。正因如此,当汽车载着我驶入一座陌生城市的中心时,我的最后一个孩子正在拉各斯市死去,这个国家正在瓦解。我不害怕,因为我并不孤单。

Part 4

她有着像我母亲一样的眼睛、
修长的脖颈和薄薄的嘴唇。
我想要触碰她,却害怕她会退缩,
甚至消失不见。正当我深吸一口气时,
她抬起手碰了碰坠在金项链下面的十字吊坠。

40

2008年12月　伊莱沙市

我来了。调整裹布的时候双手颤抖，心都快跳到嗓子眼儿了，可我来了，在见到你之前，我不会离开。

到场的客人成百上千，凉棚是极其昂贵的带空调的那种——你父亲死得荣光。这块中学的地盘已经完全变了。旗帜上印着你父亲的照片，警察赶走了恶棍，串起来的灯让聚会一直持续到夜晚。任何一个男人死的时候，他的孩子能办如此高规格的宴会来纪念他，那么他可谓是死得其所。我来不是因为他的死，我来是为了我丢弃的那个孩子，那个我不愿意目睹她死亡的孩子。

好多次我都想回来，就是想问你她最后时刻的情形。因为我再也担不起希冀的奢侈，所以把"她或许挺了过来"的念头给堵死了。我无时无刻不在考虑回来找你，问问你她有没有经受太多的痛苦。

我不止一次打包好周末的旅行袋，告诉司机做好准备，要去一趟伊莱沙市。可到了该离开乔斯市的日子，我总是僵在原地，没法起床，心里确定只要一动自己就会散成无数碎片。那样的日子里，我都会待在床上无声哭泣,让泪水从脸侧滑落,直到它们让我的耳朵发痒,因为我没有力气抬起手擦掉它们。十年过去,我不再计划这些旅程。五年来,我再也没有打包好周末旅行袋,没有告诉司机做好准备,要南下到伊莱沙市去一趟。

现在,我准备好了,准备好要听她最后时刻的情形,准备好知道她的埋骨之地。否定最坏的事情再次发生在我身上没有任何意义,对他们的坟墓避而不见无法改变这个事实:对于这些本该站在新挖的泥土之上,首先往我的棺木上撒下沙子的人,我比他们活得还长。埃金,我不再在乎是否合乎传统:我必须看到自己女儿的坟墓。

凉棚之下,一切都是黄色和绿色的。台布是绿色的,椅子上盖着黄色的缎子,并扎着绿色的蝴蝶结。在那个印有你名字的凉棚里,我在找到的第一把椅子上坐下。这里有上千个客人,你必定花了很多钱,可效果却不尽如人意。坐在这张桌子边的每一个人都在抱怨,什么东西都没上,甚至连瓶水都没有。

"可凉棚很漂亮,椅子也装饰得很美。"我仍会跳出来为你辩护,就好像这是我的家人,就好像我并非回家的浪子。

坐在我身边的男人嗤之以鼻:"难道我们就该吃台布吗?我家有吃的。若他们明知自己没有钱给我们准备食物,为什么要请那么多人呢?一定要办这么大的聚会?谁逼他们了吗?"

"我确定侍者很快就会到我们这儿来。"我站起身,走到另一张桌旁。坐下之后,我变得不安起来,手指敲着膝盖,眼睛在人群中搜索,寻找一个长得像你的脑袋。到了此刻,你的帽子应该摘下来了,帽子会让你的脑袋流汗。我正在寻找一个光秃秃的脑袋。

"试音,试音,麦克风。一,二,一,二。试音,试音,一,二,一,二。"有人通过公共广播系统说话。

现在，我看到你了，你就站在一张桌子之外。我的目光落到你的嘴唇上，下唇仍旧粉红。你没有看到我，你的眼睛正在人群里扫来扫去，心不在焉地与客人打招呼，你正在寻找什么人。你从我的桌子旁走过去时，我把指甲掐入掌心，这样就不会伸出手去碰你。我再也不像决定来时那般勇敢，我想要牢牢抓住不知真相所带来的小小慰藉。也许我根本没准备好知道女儿如何死去。也许我不需要知道。

"罗蒂米爸，那个银行家，看他走路的样子就是有钱人。"我这张桌子边有个女人拍打着大腿说，她的目光跟随着你。

我很惊讶他们还叫你罗蒂米爸，我希望没人会在你面前用到这个称呼。只有残忍之人才会用这种方式来提醒你我们所失去的。

"他弟弟在吗？他母亲只有两个儿子，我听说他们甚至都不跟对方打招呼。"桌边的另一个女人问。

"他当然也在。死的不也是他父亲吗？难道不是吗？至少看在他们死去父亲的分儿上，他们必须和解。"第一个女人说。

"你知道吗，他们说造成他们俩之间问题的是他的妻子？想想有些邪恶的女人，她们根本不想让丈夫的家人在身边——邪恶的女人。"

这就是人们讲述的我们的故事？我是恶人，你们是圣人。我站起来，围着凉棚一圈一圈地走，直到我发现你站在一张摆满饮品的桌前。

你身边有个十几岁的女孩，她看起来和我长得很像，但却有着像你一样的鼻子。我眨了一下眼睛，她还在那儿，就站在你身旁。我走近你们，瞠目结舌。我曾经想过此次见面会发生的种种情形，但却从未幻想过你的胳膊会搂在她的肩上，从未想象过她正仰头对你微笑。

你怎能不让我知道？

我的目光首先与她的目光相遇，她瞪着我看的样子就像人们瞪着闯入者，仿佛我是她此前从未见过的人。我胸中涌起那么多词，占满所有容纳空气的空间，令我几乎无法呼吸。你侧转过身，我们四目相对。我能从你脸上看到她的脸，我觉得自己可能要晕倒。这是一场我以为自己已经输掉的战斗，忽然之间，看起来我似乎赢了——不仅仅是这场战斗，而且是所有战争。

她有着像我母亲一样的眼睛、修长的脖颈和薄薄的嘴唇。我想要触碰她，却害怕她会退缩，甚至消失不见。正当我深吸一口气时，她抬起手碰了碰坠在金项链下面的十字吊坠。

我迈步向前："这是我女儿吗？埃金耶勒，这是我女儿吗？"

41

　　叶吉德，自从我给你寄去葬礼邀请函之后，每天我都在为此时此刻如何展开而忧愁。蒂米跟我说了好几次：一切都会好的。可她知道什么呢？我胆敢希冀的只是一线希望：我们仨会成为幸福的一家。我心中本是更明白的——的确更明白——可对于你，我总是心存希冀。

　　你不停地说："她是谁？"手指指着蒂米，可眼睛却看着我，"她是罗蒂米吗？埃金？她是谁？"

　　她更喜欢大家叫她蒂米，说她完全属于自己，而不是她从不认识的哥哥姐姐的纪念品。我同意。虽然她计划正式改名，但是她想先跟你讨论。她一直相信我们会找到你，然而，自我们得到你的地址之后，对于我们制订的每一个与你联系的计划，她都退缩了。我们订好了机票，却从未登机。我写了信件，她全撕了。她写了信件，然后又全撕了。

　　"如果妈咪不要我怎么办？"当我们离开机场的时候，当她把精心制作的信件碎片扔进纸篓的时候，她问。我告诉她你爱她，倘若知道她还活着的话，你永远都不会离开，你一定会要她的。只有一次，她说："因为我患有镰状细胞病吗？我有个大学的朋友，由于患上镰状细胞病，他父亲就离开了家，他受不了。你可以告诉我这是不是妈咪离开的原因？我可以接受。"那一次，我向她保证，当你跟我们在一起的时候，永远不会让她离开你的视线。我告诉她，你离开包奇市的那天，是第一次离家的时候没把她抱在你怀里。把你这些美好的事告诉她，才公平。

父亲去世后，就是她做出我们该给你寄去一封邀请函的决定，她选的邮递公司，我发的邀请函。之后，我们翘首以盼、提心吊胆，现在你来了，就在我们眼前。

她碰了一下我的胳膊，靠过来轻轻说："是她，对吗？"

你正盯着她，看起来像是要晕倒似的。一些客人往我们这个方向伸长脖子看了过来。

我握着蒂米的手："叶吉德，请跟我来。"

我不知道到底是谁的手在出汗，蒂米的还是我的。你走在我们身后。蒂米不停地转身去看你，眉头紧蹙，仿佛她以为当她转身的时候，你就不在那里了。我们一直走，直到乐声变得很微弱，我能听到你的鞋跟踩在石板地上的嗒嗒声。在我们前方，有栋刚粉刷过的教学楼。

当我们进入其中一间教室，我清了清嗓子。"是的，这就是罗蒂米，"我说，"可如今我们叫她蒂米。"

"天啊！拜托，我得坐下来。"

我和蒂米望着你在一张木桌边坐下，你弯下腰，抱着头。蒂米紧紧握住我的手，直到我的手开始觉得麻木。

"我们是去年找到你的。"蒂米说，"博卢，你记得她，对吗？她正在乔斯大学读硕士。她到你的店里买黄金——认出了你。"

你抬起头看向蒂米,嘴巴微微张着。我能听到你的呼吸声。

"如果你要走,没问题。我……我只是想要……我只是想要看看你。仅此而已。"

可这不仅仅是她想要的,这也不仅仅是我想要的。她想要你拥她入怀,告诉她你没有忘记她,甚至当你认为你再也见不到她的时候。她要你留下来。

"罗蒂米。"你说着站起来。

"蒂米,"她的声音颤抖着,"每个人都叫我'蒂米'。"

"我的孩子,我的天啊。"

当你迈步向她走来,蒂米放开了我的手。

你用手触碰她的脸颊,仿佛你想要接住眼泪,可她的脸颊干干的,就像你的一样。她的双手无力地垂在身侧,一直等着,直到你将她拉进怀里。然后,她的双臂那么小心翼翼地环抱着你,就好像她以为自己会把你弄坏似的。

"罗蒂米,蒂米,请你,"你说,"请你能否在外面等一下?可以吗?我必须跟埃金谈一下。"

"好的。"她说。然后过了一会儿,她笑了起来,补充了一句:"你必须放开我,我才能走啊。"

她从你怀里抽身出来,离开教室。她的后背挺得直直的,下巴扬得高高的,就像你一样。她走到楼外,侧身对着外面,抖动黄色的裙子,把皱褶弄平。

"你告诉我她没有知觉了。"你背对着我,但我看得出来你的注意力一直留在蒂米站的那个地方。

"的确。可最后我还是步行去了诊所。当我走在路上的时候,不得不把她高高举到空中,就像高举一面旗帜,这样士兵才不会射击。

他们不让我开车,哪怕他们看到她已经昏迷。"

你转身面向我,仔细端详我的脸。若你不相信我,我不会怪你,可这就是发生的实情。你蹙起眉头,靠到墙上,把脸转向敞开的门口。你一言不发,感觉好像过了好几个小时。我们之间唯一的声响就是从聚会上传来的微弱乐声。我应该找话来打破这份静默,可我唯一能想到的是:这么长时间之后,在我眼里你还是那么美,而我知道这不是你想要听到的话。我决定,在说出那些我在镜子前练习好的话之前——就是在我们曾经的卧室里你用过的那面镜子前,必须等你先提问。

"你怎么跟她说我的,关于我为何离开?"

"我告诉她我给你打电话的时候,说她已经死了。所以,就她而言,你消失的时候,之所以这样做,是想着你已经失去另一个孩子。"

你开始走出去,走向门口,走向蒂米。突然,你停下脚步,转身面向我。

"你有没有告诉她关于我们和多顿的事?关于——"

"她需要知道吗?"

你抿了抿嘴,点了点头:"怎么样——她的健康?"

"她很勇敢。"

你抬高声音,就像你料想我会不同意似的:"今天晚上我要跟她在一起。"

"当然。"我说,"我已经在家里给你准备了一个房间。如果你想的话,我们可以现在就离开。"

你瞪着我,仿佛刚刚我给了你一把刀,让你捅自己一刀。"不,我不能去你家。"

最后两个字让我将所有准备好的蠢话悉数吞回肚子里。我想要跟你一起生活。我们可以成为伙伴。我很想你。如果你想要留有情人，只要不宣扬即可。我们可以重新开始，以新的方式。

"我的意思是，如果罗蒂米……蒂米不介意的话，我会把她带回我的酒店，这样她能跟我一起过夜。明天我们会回到你家，然后我和你可以讨论怎么处理这事。"

"当然可以。"我说。

"那太好了。"你转过身，在走过门口的时候，打开裹布，重新系上。你走向蒂米，握住她的手，用前额抵住她的前额。当你和她说话时，她点着头。你用一只胳膊环过她的肩头，带着她走出我的视线。

42

我握住女儿的手,拇指滑过她的掌心,摸着她的手腕内侧,感受她的脉搏。这不是梦。我女儿就在这儿,站在我面前,背对教室。她脚上穿着金黄色的凉鞋,脚指甲涂成绿色。黄色连衣裙的扇形下摆超过膝盖,金项链上坠着一个十字吊坠,唇上涂着粉色光泽,眼睛画着黑色眼影粉。她就在这儿。我往前踏步,前额抵住她的额头,感觉她的呼吸吹到我脸上。她的头巾擦着我的头巾沙沙作响。

"罗蒂米……蒂米,蒂米。"这是我唯一能说的。

我数着她的手指,拇指和食指摩擦着它们,抑制住要跪下来数她脚趾的冲动。我就是托马斯,在沉浸欢愉之前,非要找寻亲眼见到的证据。我女儿眨着眼睛,将泪水逼回去,微笑起来。

我摸着十字吊坠:"这是——"

"爸爸说你把它给了我。"她清了清嗓子,"我经常戴着。"

想到这么些年来我女儿像个没妈的孩子般活着,我就抑制不住自己的泪水。我想要双手捧住她的脸,直到她让泪水流下来。我想要紧紧抱住她，告诉她如果她哭出来，感觉能好点，可我意识到自己并不知道她是否会感觉好点。我甚至不知道这条漂亮的头巾是不是她自己系的，还是需要其他人帮她拉着边。这个被我遗弃的孩子如今已是一名年轻女子，我认得，但却不了解。一股新的泪水溢满我的眼眶，这次是为了我自己，为了所有这些年里，我以失去孩子的母亲的身份活着。而与此同时，在我女儿上学的第一天，是其他人牵着我女儿的手；与此同时，是其他人教她如何完美地给眼睛画上黑色眼影粉。

"我很抱歉。若是我知道你还活着……若是我知道，我发誓我会回来。我会来。我会为你而来。"

"你在呢。"她用手擦去我的泪水，"你现在在呢。"

她的话如潮水般向我涌来，这是对那些逝去岁月的原宥。

"妈咪。"她轻声说道。

我看了一眼身后，想着会看到我婆婆。"你祖母呢？她在哪儿？"

我女儿笑了起来——这个美妙的声音让我脸上泛起笑容。我想要我女儿带着这银铃般的笑声直到天荒地老。

"妈咪，我一直等着你这样说，好像等了无尽的时间。您是我的妈咪，我不会那般喊祖母。"她摸了一下十字吊坠，耸了耸肩，"没人理解，只是我自己的怪异之处而已。"

"我理解。"我理解，一个他人每天都在使用的词可以变成在黑夜低语的字眼，用以抚慰无法痊愈的伤口。我记得自己曾经认为，每当听到有人说出这词，我心里都会有点崩塌；我记得自己曾经怀疑，我是否能在阳光下把这词说出来。所以在这个简简单单的发音中，我接受了这份礼物；在这个词里，我接受了这个对新开端的承诺。

"能不能请你再说一遍，再那样叫我一声？"我问，心中满怀感激，我的孩子不需要去适应一个代替品。

我女儿把我拉入她的怀中。"妈咪。"她的声音轻柔而颤抖。

我闭上眼睛,仿若接受赐福。有些东西在我心里打开,欢愉传遍我的身体,这种感觉很陌生,却毋庸置疑,我知道这也是一个新开端,一个"妙事即将来临"的承诺。

致　谢

感谢我最棒的妹妹尤拉爱耶稣，你总能找出时间来阅读我所写下的文字，谢谢你对我的一贯支持。

由衷感谢我的代理人克莱尔·亚历山大，你所做的一切美好之事持续不断地支持着我对这部作品的想法。

埃拉·奥尔弗雷、路易莎·乔伊纳、詹妮弗·杰克逊、乔安娜·丁利，谢谢你们，是你们让这部作品变得更完美。

杰米·比昂，谢谢你对这部作品满怀信心。我还要向卡农门的团队致谢：詹妮·弗莱、贾兹·莱西-坎贝尔、维姬·卢瑟福、拉菲·罗马亚，以及其他所有人，感谢你们对这部小说做出的评价。

保拉·科科扎、罗里·格莱森、杰奎琳·兰迪和苏珊娜·乌希，感谢你们宝贵的反馈意见、慈言善语和富有洞察力的批评。

达米·阿加衣，整天乐呵呵的孩子爸，谢谢你相信我能完成这部作品。

埃曼努埃尔·伊杜马哥哥，感谢你对这部小说信心满满。

我还要特别感谢您——基马·安亚迪克博士。感谢您允许我进入那令人赞叹的图书馆，感谢您对我精彩的教诲，感谢您对我写作能力的信任。贝丝·安亚迪克阿姨，感谢您在我每一次获得成功时与我一起庆祝。

我还要向莱迪格之家公寓、赫奇布鲁克公寓和斯莱德斯公寓的员工致谢，感谢你们为我提供的居住场所和为我付出的时间。

在我的创作过程中，埃本·阿德朱耶格贝教授与阿德通吉博士对我很好，让我得以坚持不懈地写下去，为此我十分感激。

还有阿图尔·安亚杜巴、阿布巴卡尔·亚当·易卜拉欣、拉尼耶·费耶米和富托·阿米尔，谢谢你们花心思阅读本书的章节。

当然，还要谢谢你们，叶吉德和埃金·阿加衣，只要我需要，你们总是选择和我在一起。